戦場写真記者の行方

藤谷雅彦

Masahiko Fujitani

文芸社

大切なひとに

一

歳を取り、人生の折り返しを過ぎて、物事が見えてくるようになると、かえって解らないことが増える。力の弱まりに気づかされ、衰えると知り、見えるようになっていることもあって、所詮この程度の人生だと諦めるようになる。

心の病とはどのようなことなのか。精神科医は何を為しうるのか、為すべきなのか。医師になった頃は、明らかだった。しかし生業にして二十五年、曖昧になっている。自らの理と力と意は薄れているものの、他人が心を病んでいるのを治し、あるいは患者自らが心の病を治していくのを支援している。

私、中井政雄は精神科医である。都心にある総合病院の精神科に勤務する。

今、三十歳前のうつ病の男性患者が診察室を出ていったところである。先月の最初の月曜日に初診で来て以来、二カ月近くになる。軽度で、内因症うつ病と考えられ、抗うつ剤による治療を行っている。今朝一番の患者も同様な三十前後のうつ病の男性患者だった。勤務環境などに特段の問題が認められるものではないが、比較的若い男性のうつ病の患者が増えているように感じられるのは、社会に問題があり、それが患者に現れているということではないか、と思う。

精神病患者とされる人たちのほうが正常なのではないかと思うことすらある。学生の頃、朝鮮戦争での米国人軍医の型破りな行動を描いた小説を読み、いまだに愛読書の一つだが、戦争という異常な状況では、まともな者こそおかしくなる、あるいは、まともであろうとしておかしく見えるようになる。

もちろん重度のうつ病よりはいい。午前中最後の四十歳代後半の男性は、これ以上になれば入院、回復の見込みは難しかった。

肌色に近い白い壁と看護師のいる受付につながるカーテンに囲まれた診察室は、木目の机、椅子が自分用と患者用、さらにもう一つ、ベッド、書棚、患者がくつろいで話ができるような広さで、窓からは冬の夕日が差し込んでいる。机は診察室のほぼ中央に位置し、私は奥の窓を背景にし、入口のカーテンを背にして座る患者と対面する。こうすれば電算でカルテに記入する際に患者が見ることができないので、私が書くことを患者は気にしなくなる。机が壁に向く診察室も少なくないが、患者に対面し、カルテに記入し、と続けていると、腰痛のもとになる。

窓際にはバラが一輪生けてある。私が通勤途上の花屋で買い求めて、生けているもの。水は私か、私が忘れているときには山本看護師長が替えている。山本看護師長は三十半ば、内科を経て、精神科の勤務が十年を超える。この年齢で師長を務めているだけあって優秀にして温厚、胆力というようなものもあって、私のような至らぬ医師の管理も含めて師長の職を十分に務めていた。

今日最後の患者は、赤木さんという中高年の女性だった。更年期障害の一環のうつであったが、ほてり、めまい、頭痛といった更年期障害の身体的な症状を手当てすることで、うつは改善した。既に更年期障害を了したはずだが、赤木さんは定期的に私の診察室に通ってきていた。時には漠然とした不安だったり、時には気力喪失だったり、理由は様々だった。精神科医としてみれば、少なくとも精神病とは認めがたい、症状というほどのものではないものだった。しかし赤木さんは更年期のうつの経験もあってやってくる。患者ではないかもしれないが、その可能性はあった。看護師、特に山本看護師長は心得ていて、他の患者の診察との関係で、私の負担とならないようなときに、赤木さんの診察を組んでいる。

ドアのノックの音がして、赤木さんが入ってきた。やや小柄、暖かそうな茶色のコートを手にして、淡い緑色のスーツを着ている。私の前の椅子に、いつものように穏やかな物腰で座り、一度、眼鏡に右手をやった。左手の肘には彼女お気に入りの黒のハンドバッグがかかっている。

「鞄はこちらにでも」

私がもう一つの椅子を指し示した。

「有難うございます。相変わらず、先生はお優しいし、心配りしていただいて」

赤木さんが微笑みながら言った。赤木さんが診察室を訪れるたびに繰り返されるやり取りだった。こうして赤木さんは患者として先生である私に対峙する。

この日も赤木さんは種々のことを話した。時折、私が質問し、それに答えて、さらに話が続いた。お嬢さんが浪人していたところ、大学受験の滑り止めには合格し、本命の発表を待つばかりであること、弟さんは高校二年で受験勉強をしなくてはいけないのにサッカー部で一色の生活になっていること、ご主人はそろそろ子会社か関連会社への出向、三十年近く勤めた会社を離れることになること、住宅の借入金は、大半は返済しているが、なお残っていること、親の認知症が進んでいること。一つ一つは心配ながら、世間的には大したことではないと解っている。それでも心は不安定だった。

私の役回りは、大丈夫、と赤木さんに思ってもらうよう接することだった。こちらから何か特別なことを言うまでもない。赤木さんが話すのを聞き、赤木さんが話すことで不安から解放されるのに付き添う、寄り添うことだった。今日もその役回りを務めている。

「先生」

赤木さんが私を見た。怪訝そうな表情にも思えた。これまでにない表情だった。

「はい。どうかしましたか」

「先生こそ、どうかされましたか」

「えっ、私が」

「はい。先生、どうかされましたか」

「別に」

「そうですか。何か、ご心配事でもあるのかと思いました」

「心配事。そんなことは特にないですよ。赤木さんはいつものとおりだし」

「そうでしょう。私はいつものとおり、少し不安定で、精神科医の先生に診ていただいて、よくなって帰る。それだけですから。私のために心配されることはないでしょう。でも、何か、心配事があるのかと」

「いや、そんなことはありません」

「そうですか。それじゃあ、結構です」

「お父さんの認知症は、どんなご様子ですか。前にお伺いしたときと比べて、変わられましたか」

「そうですね。母の話を聞いていると、変わらないような、少し悪くなったような気がします」

赤木さんが話を続けた。

驚いた。赤木さんの言うとおりだった。これまで私が赤木さんの心の様子を診ていたはずなのに、赤木さんが私の心を見通していた。気がかりなこと、無意識のうちに気がかりなことが私の脳裏のどこかに留まっていた。


それは竜崎という名の六十前後の男性のことだった。財務省に勤める旧友、藤村に依頼されて預かることになっていた。この病院の患者としてではない。自宅に預かってほしいとの依頼だった。

藤村から電話があったのは昨夜遅くだった。いつもは電話で久しぶりとの挨拶に始まって、近況を交換し、飲みに行く約束に至るのだが、昨夜はすぐに用件に入った。

「おかしなことだと考えると思うけれど、人を預かってほしいんだ」

「預かる？　病院に入院させたいってことか」

「それも考えられるが、中井がよければ、青梅の自宅で預かってくれればいい」

「えっ」

「私は、知ってのとおり、私以上に働いているかみさんと二人だけだから住めるような、小さな家に暮らしている。人を預かるのは難しい。青梅の家はいろいろな点でいい。大きいというほどではないが、大家族も住める家に中井の独り暮らし。盗まれて困るものはない。都心に通える範囲だが、程々に離れていて、静か。預ける場所として、なかなかだ。何より中井の家だ。中井に預かってほしい」

「心の問題か」

「解らない。だが、その可能性がある。竜崎という男性。年齢は六十過ぎ。職業は戦場写真記者。この業界では世界的に知られているんだそうだ。多くの賞を受賞しているとも聞いた。写真記者として戦争に限らず報道写真を撮影し、配信しているが、戦争の報道写真は特に知られているらしい」

「新聞で見たことがあると思う。現代のロバート・キャパと書いてあったんじゃないかな」

「そのロバート・キャパを預かってほしいんだ」

藤村の言葉は依頼だったが、私に選択の余地はないような響きだった。

「心の問題とはどういうことだ」

「私が知らされたところでは、今日、成田に着いてホテルに泊まっているが、それまでイラクにいたんだそうだ。詳しくは解らないが、戦場で精神錯乱を起こしたらしい。米国大使館に運び込まれたところ、たまたま日本の政治家が日本大使館の外交官を伴って米国大使館を訪問していた。二人が写真家を預かり、政治家が日本に連れ帰った。その政治家の先生と私は随分と長い間柄で、彼から相談を受け、同行していた外交官、久野参事官とも連絡を取って、信頼できる精神科医として中井に頼んでいる」

「どうも、心の問題というだけではなさそうだね」

私の問いかけに藤村がほんの一瞬ながら考えた。常によどみない藤村にしては迷ったようにも思われた。

「解らない。解らないが、何かあってはいけない。戦場で精神錯乱を起こした人間だし、何があるか解らないから、単なる精神科医ではなく、長年の付き合いのある中井に頼んでいる」

私に選択の余地はなかった。

「明日、私が連れていく。ホテルに宿泊するのに付き合ったが、私の見るところ、いたって普通だよ。穏やかながら、きちんと話す。まあ、一見正常ながらというのは、どこにでもいるのだろうが。だからこそ、中井は忙しいのだから」

私が明示的に預かるとは言っていないにもかかわらず、藤村は電話での私の様子に安心して、軽口を叩いた。そして声の調子を変えた。

「中井だから、中井と私の間柄だからこそ頼む」

深く重い声だった。

「明日の夕方、待っている」

　私は最後に答えた。

　今日の診察を終え、赤木さんは立ち上がってコートを着た。山本看護師長がカーテンの脇に立って見守る。

「それでは、先生、また」

「はい。では、また」

　私はカルテに書きかけの手を止めて、赤木さんを見上げた。彼女と私の視線が合った。偶然のようなものだったが、それを機に、赤木さんはコートを着たまま、再び椅子に座った。

「先生、今日の最後に少しだけ、いいかしら」

　私はおもむろに頷いた。

「先生はご存じなのでしょうけれど、私はこうやって先生に話を聞いていただくことで、やっていける、と思うんです。精神科の診察かどうかは解らないけれど、最初にこちらに伺っていた頃は、確かに精神科の治療に来ていて、今は、もう卒業したのかもしれないし、先生には私はまだ精神的に不安定だ、卒業には至らないと診られているのかもしれないけれど、大事なことは、先生に聞いていただいて、生きている、ということなんです。先生のことはとても好き、というか、大事な存在ですけれど、でもよくある、ものの本なんかに書いている、精神科の患者が医師に恋愛感情を抱くというようなものとは違って、本当に大事な存在です。ここに通うようになった頃、主人に私のつらさは解ってもらえなくて、だからといって離婚しようとまでは思いませんけれど、この人は私が好きになった人だし、夫だけれど、拠り所ではないと気づいたんです。子供も親も兄弟も友達も拠り所にはならない。宗教、神様や仏様を信仰すべきだったのかもしれないけれど、それもできなかったんです。ここに通って、先生に話を聞いていただいて、そのうちに、私は先生に聞いていただいているから、やっていけているんだって気づいたんです」

赤木さんが立ち上がった。

「先生、本当に有難うございます」

赤木さんが深く礼をした。私は赤木さんの行為を分析せず、自分も立ち上がって無言で礼をした。赤木さんが微笑んで言った。

「では、また」

私が頷いた。

山本看護師長が寄り添うようにして、赤木さんが診察室を出ていった。師長の目は他の患者に接するときと同じように、否、むしろより一層慎重なものだった。彼女の繊細な神経には驚かされることがある。何か見落としていることがあるのではないか、私は医師としての態度を省みた。

私は立ち上がって窓の外を眺めた。夕日は既に落ち、暗くなっていた。

二

暗い中、ビルの明かりを幾程の間見ていたのか、診察室のカーテンが開き、こちらの反応に構わず、人が入ってきた。藤村だった。彼はこれまでにも何度かここに遊びに来ていて、看護師とも知り合いになっていた。藤村の後ろに背の高い年配の男性がいた。

私が挨拶をしようとしたのを、藤村はさえぎるようにして言った。

「申し訳ない。待合室で待っている間に連絡があって、至急、役所に戻らなければならなくなった。竜崎さんを頼む。後で連絡する」

藤村が頭を下げた。そして背後の男性に言った。

「彼が精神科医で、私の旧友の中井です。せめて今日一日はご一緒しようと思っていたのですが、申し訳ありません。しかし、昨夜も申し上げたように、中井と一緒ならば大丈夫ですから」

藤村を見つめるようにしていた竜崎さんが、藤村の言葉に頷いた。藤村の昨夜の話では、藤村自身、竜崎さんとは昨日初めて会ったはずだが、竜崎さんの様子には藤村への深い信頼が感じられた。藤村が私を振り返って言った。

「久しぶりだし、竜崎さんと一緒にいろいろと話したかったんだが。それはまたにしよう。竜崎さんを頼む」

藤村が再度頭を下げて、それから竜崎さんにも礼をして、診察室を出ていった。

私は竜崎さんに椅子に座るように勧めた。彼はまっすぐに座って私を見る。精悍な人だった。自分より年配、藤村の言うとおり、六十過ぎというところか。髪には白いものが混じり、薄い口ひげ、あごひげにも混じる。しかしその視線は射貫くように鋭く、焼けた肌は厳しい暑さをくぐり抜けてきたことを物語っていた。高い鼻は激戦を戦ってきたボクサーのように少し曲がっており、薄い唇は乾いていた。黒い上着、白と紺のストライプのシャツをまとう身体は、胸板厚く、いかり肩、服の上からでも鍛えられているのが解る。竜崎さんの姿を見定めているうちに、私は彼がまだ一言も言葉を発していないことに気づいた。

「改めまして、中井です」

と、私は竜崎さんに言葉を促すべく、挨拶をした。竜崎さんはおもむろに礼をした。

「竜崎と申します。お世話になります。よろしくお願いいたします」

低くて太い、落ち着いた声が私の脳裏に響いた。

それから竜崎さんと私はこれからのことについて話した。私の勤務先はこの総合病院精神科、自宅は青梅の少し奥まったところ。古い小さな家だが、家族はなく、大した持ち物もないので、竜崎さんが長期に滞在することも何ら問題はない。盗まれるものもないし、鍵をかけ忘れていくことも少なからずあるが、わざわざ盗みに入る者もいないような土地柄、それでも一応、合鍵を私は竜崎さんに渡した。彼はキーホルダーにしまった。

青梅から世田谷まで車で通い、親しくしている伊藤医院の駐車場に駐車して、病院の最寄り駅まで地下鉄で通うのが普段の暮らし。今日は病院近くの駐車場に駐車してあるので、それに乗って帰る。夕食は途中、店に寄って、と私が言うと、竜崎さんは、いつもそうしておられるのですか、と尋ねた。同僚の先生との会食や藤村と飲みに行くときは別だが、一人のときは、青梅に戻り、なじみの店で定食を食べることが多い。

「よろしければ、料理を作らせていただけませんか。所詮、男の手料理ですが。お世話になるからには、少しでも、と思いまして」

私は頷いて答えた。

竜崎さんと私は、続きの話は帰り道にすることにして、診察室を出た。待合室の椅子に、ところどころに瑕のある大きなボストンバッグと黒いカメラマンバッグが置かれていた。竜崎さんはカメラマンバッグを右肩にかけて、重そうなボストンバッグを軽々と持って、私の後を歩いた。

青梅は、青梅街道の青梅宿として始まり、青梅駅が設けられた、古くからの街である。青梅の東部、河辺の周辺が扇状地で開発も進んでいるのに対して、ほかは山間の地であるため開発は進まず、行楽地として知られる。私は青梅駅のさらに奥に建つ中古住宅に住んでいた。

家に着いてから、私は竜崎さんに家を一通り案内した。居間、和室、客用和室のほか台所、風呂、洗面、物置、玄関といった具合で、大半は居間で過ごし、和室は寝るためだけ、客用和室は週末に掃除に入るだけといったところだった。

竜崎さんは、客用和室は私ごときが使うところではないので、寝るときは居間の空いているところに布団を敷かせていただきます、と言い、荷物を置くと、さっそく台所に立った。その様子に、藤村が事前に竜崎さんに私の家のこと、料理のことなど話していたと知れた。私はそのまま竜崎さんのしたいようにしてもらうことにした。

一時間も経たぬうちに、竜崎さんが居間に食事を運んできた。白身魚の西京漬け、野菜炒め、卵焼き、豆腐の味噌汁、ご飯、香の物がちゃぶ台に並んだ。帰りがけにスーパーで買った食材が、短時間のうちに、こういう家庭料理となって出てくることに不思議な気がした。家でご飯を食べる、家庭で料理を作って食べるということを長くしていなかった。

卵焼きを口にして、思わず、美味しい、と言葉を発した。自らの言葉に照れながら竜崎さんを見た。精悍で射貫くような鋭い目の中で、瞳に笑みが浮かんでいた。笑みに促されて、私は魚を口にし、野菜炒めを食した。口にするたびに美味しいと頷く。竜崎さんは母親が子供を見守るように私を見ていた。家庭料理の美味しさと笑みの瞳に守られて、私の食は進んだ。

私たちは診察室を出てから、食事の間も、踏み込んだ話は一切しなかった。それが暗黙の了解のようだった。私は竜崎さんがこの家に慣れてくれること、私が不在でも一人で住むことができるようになることが先決と思い、不動産業者のように家と家の周辺のことを話した。竜崎さんは横浜生まれの横浜育ち、青梅は東京の奥なので、初めてなのだった。明日から青梅を散策しますと言った。


翌朝、私は洗面と着替えの仕度をして出かけようとした。朝はぎりぎりまで眠って、朝食はコンビニで買ったサンドウィッチと缶コーヒーを車の中で信号待ちの間に食べるのが日課となっている。新聞は車の助手席に積むも、ラジオの朝のニュースで足りてしまうので、病院に着いてから暇なときがあれば、目をやる程度。そのことは昨夜話してあり、申し訳ないのですが朝食はお一人でお願いしますと伝えてあった。

竜崎さんは了解したというように黙って頷いていた。

ところが竜崎さんは私よりもずっと早く目を覚ましていて、朝食の仕度をしていた。テーブルの上にレタスとハム、卵のサンドウィッチ、珈琲のポット、そして朝刊が置かれていた。竜崎さんは自分用にトーストを焼き、目玉焼きをこしらえているところだった。私が台所に入ってきたので、竜崎さんはフライパンと菜箸に手をやりつつ、挨拶をした。

「おはようございます」

重厚な声なのだが、爽やかな感じがした。私も、

「おはようございます」

と、返した。いつもは病院に着いて、看護師に挨拶をされて返すので、家の中で挨拶するのが奇妙にも思えたが、挨拶をして本当に目を覚ましたようにも感じた。

「サンドウィッチの具材は何が良いか伺っていなかったので、勝手に作りました。教えていただければ、今度はそれを作ります。珈琲はモカとブラジルの豆があったので、モカにしてみました」

「いつもはコンビニのサンドウィッチと缶コーヒーを流し込むだけの朝食なので、こんな朝食を用意していただくと十分です」

「勝手ながら自分はトースト、目玉焼きにソーセージ、牛乳に珈琲をいただきますか

ら」

「どうぞ。では、行ってきます」

竜崎さんは火を止めてフライパンから目玉焼きを皿に移し、私を玄関先で見送ってくれた。出かけるのを見送ってもらうなぞということは、昔、結婚していたときにもなかったので、気恥ずかしくすらあった。

信号待ちで薫り高い珈琲を飲み、サンドウィッチを口にしながら、玄関先で竜崎さんが見送ってくれたのを思い起こす。今朝の表情も、最初に会ったときから変わってはいなかった。精悍で、意志が強く、何かを内に秘めているようだった。

気になるのは、昨夜遅く、唸り声がしたことだった。竜崎さんは何かにうなされていた。相当に大きな唸りは随分と長く続いた。しかし今朝の彼からはそのようなことは聞かれなかった。本人はうなされたことを気づいていないのか。知っていて黙しているのか。いずれとも解らなかった。

三

土曜日、私はいつもと変わらぬ時刻に車に乗って出かけた。土曜の朝なので、出勤の車は少なく、走りやすい。向かうのはいつもと同じ、伊藤医院。だが土曜日はそこから病院に通うのではなく、伊藤医院の医師として内科の診療にあたる。先代の伊藤先生が大学病院の内科の副部長をしているときに、私が見習いとして派遣されて以来の付き合いだった。私は医学部に入るときに精神科医になるつもりだったが、副部長の指導を受けて、内科の医師として診療にあたることもいいと思うようになった。副部長が大学病院の診療より一次医療を志向され、世田谷の三宿に開業されたときには、私は近くの総合病院に精神科医として勤めるようになっていたが、先生に誘われて一週間に一度、土曜日に内科の診療にあたることになった。先生が医者の不養生で亡くなり、一人娘の幸子さんが伊藤医院を継がれたが、先生が亡くなる際の依頼もあって、私は今も一週間に一度、内科医として一次医療に取り組んでいる。

医院に入ると、いつものとおり、「おはようございます」と、看護師の大橋さんに大きな朝の挨拶で迎えられた。還暦を超えるが、私より若いのではないか、ということは四十代ではないかと思うほどに、元気である。ご主人は長年勤めた会社を定年で退社し、関連の会社に嘱託として、というものの、第一線の営業マンとして勤められている。二人の息子さんは既に家庭を持ち、昨年、初孫を授かった。しかし大橋さんは看護師として忙しく、孫に会えるのは日曜だけの暮らし、それでも笑顔が絶えない。

医院の診察時間は朝九時に始まるが、大橋さんは八時過ぎに鍵を開けている。夜更かし型で朝の弱い伊藤先生はまだ起きていないことがしばしばである。しかし長椅子が二つの待合室はすぐに患者、近所の高齢者でいっぱいになる。この地域はもともと陸軍の演習場だったところに、戦後、都営や国家公務員の団地が建設され、小中学校や図書館などが整備された。国家公務員住宅は公務員が入れ替わるのでそうでもないが、都営住宅に入った入居者はいまや高齢者、子供は自立して、一人暮らしも少なくない。東京都心に近い住宅街なのだが、高齢者街となっている。高度成長期のいわゆるニュータウンなどと同じである。もちろん、ここは世田谷の住宅街、若い家庭も少なくないが、私が診療にあたり始めたときに比して、患者の高齢者割合ははるかに高まっている。したがって認知症も格段と増えている。私はここでは内科医として診療しているのだが、大橋さんは、先生のご専門ですからね、と認知症の患者は優先的に土曜日に回している。伊藤先生は土曜日の医院は私にまかせて往診に出かける。大半が寝たきりの高齢者。大橋さんの頭脳は、どんなデータベースよりも優れていて、地域の患者の様子、さらには患者の家族のことまで把握している。

診察室に入ると、伊藤先生が寝起きの顔で珈琲を飲んでいた。彼女専用の深煎りの濃い珈琲である。昨夜も最新の症例に関する論文を読んでいて遅くなったのだと言った。先代の急死まで、彼女は大学病院の勤務医だった。先代は亡くなるに当たって、一人娘に医院を継ぐ必要はない、大学病院で勤務を続ければよい、と話したのだが、大学病院の勤務医には代わりがいるが、伊藤医院を継ぐことができるのは自分だけ、と言って、一次医療に転じた。しかし今も大学病院に頻繁に出入りし、最先端にいる。

眠りからまだ覚めきっていない様子は、せっかくの美貌を損なっている。私よりちょうど一回り下なので、まだ四十前のはずだが、少なくとも今ののろさは大橋さんより年上に映る。若い頃は美しい長い黒髪だったのだが、忙しい医師の暮らしに、髪をかまっている余裕がないと短くした。時間節約のため、化粧もせずに、すっぴん。活動的であるためにたいていパンツ、お気に入りの男物のボタンダウンのシャツの上に白衣。先代と同様、昔ながらの太い縁の眼鏡。まだインターンの時代に先輩の医師と恋に落ちて結婚するも、夫と看護師の情事が発覚して離婚。以後、仕事が伴侶になっている。

「先生、朝からお説教は駄目ですよ。外来も往診も大学病院も止《や》められません。だとすれば、一つぐらい犠牲にしなくてはいけないんです。女らしく、なんて、とっくの昔に終わっているんです」

伊藤先生が朦朧とした目で私を見た。

「何も言ってません。言いません」

と、私は苦笑した。

伊藤先生はまだ朦朧とした目ではありながら、私を見ている。

「どうしました」

「何か、お話しなさりたいことがあるんでしょう、先生」

「往診前、診察前であまり時間はないかと思いますが、手短にお話ししておきたいんです」

私の返事に、伊藤先生の眼は既に覚めていた。

藤村とは、私が竜崎さんを預かった日の夜遅くに、随分と長く話した。その際、藤村は竜崎さんのことは誰に対しても秘密にしておいてほしいと厳しく言ったが、私が伊藤先生だけにはよいかと聞くと、伊藤先生は特別だ、いい、と了解してくれた。藤村は私を通じて先代とも親しくしていて、伊藤先生のことも信頼していた。

「どうせ、中井と伊藤先生は何でも話す間柄だし、止めても無駄というもの。それに、精神科の藪医者より有能な内科医のほうが何かのときにはいいからね」

と藤村は言った。

藤村との電話の内容から、診察室での面会、青梅の家に預かっていることを手短に話した。伊藤先生は一切口を差し挟まずに聞いた。話が終わったとき、私の目を見つめるようにして尋ねた。

「先生が、心の問題というだけではなさそうだ、と言われたのに、あの藤村さんが迷ってから、解らない、何があるか解らないから、単なる精神科医ではなく、長い付き合いの中井に頼む、って言われたのね」

「そう」

「それは何かあるということでしょう」

「そうかもしれないね」

「もしかすると、先生にも言えないことがあるのかもしれない」

「そうかもしれない」

「そして藤村さんは秘密と言いながらも私に話すことは認めたのね」

「そう」

「光栄だな。認めてくださって」

「藤村は昔から、先生が若い頃から認めている」

「そうですか。女ではない、役人のような勤務医と思われていると思ってました」

伊藤先生の頬が赤みをさしたようにも思えた。

大橋さんが診察室に入ってきた。

「伊藤先生、お出かけの時間です。高田さんが運転席で待っていますよ」

住診にはいつも、中年の看護師の高田さんが伊藤先生に随行していた。いずれ高田さんが大橋さんの後を継ぐのだろう。伊藤先生が珈琲を飲み干して出かけていった。

「中井先生、定刻より早いですが、よろしいですか。患者さんがお待ちですので」

藤村同様に、形こそお尋ねではあるが、答えは一つしか予定されていないものだった。

「どうぞ」

大橋さんが笑顔で診察室を出て、大きな声で患者さんを呼んだ。

四

火曜日の昼、竜崎さんからメールが届いていた。今日の帰りがいつ頃になるか教えてほしい、中井先生に会いたいという人がいる、遅くなってもよいので、その人と青梅で待っている、というのだった。定例の研究会の後、懇親会に出なければ、さほど遅くなく、九時過ぎには帰れそうだ、と返信した。すぐに、ご面倒をかけて申し訳ないが、是非会ってやってほしいので、よろしくお願いします、と返信があった。

日中は診察に追われ、研究会も若手が興味深い事例を報告して議論が深まったので、私は竜崎さんのメールにあった、会いたいという人のことを忘れていた。研究会後に懇親会に出るのを断って、車に乗ってから、その人のことを考えた。

私のところに滞在するようになって、いまだに竜崎さんは自らのことを話そうとしないのに、会いたがっている人がいるとはどういうことだろうか。帰国した日に藤村に預けられ、翌日の夜には私に預けられて、数日間。日中は一人だから、どこへでも出かけることはできる。しかし青梅を散歩する程度のようだった。もっとも、電話でもメールでも連絡は取れる。私のところにやっかいになっていることを話したのだろう。だが、わざわざ私に会いたいとはどういうことだろうか。

家に着くと、一台の赤い車、可愛いらしいセダンが停まっていた。私の車が停まると、赤のセダンの助手席から竜崎さんが、運転席から女性が出てきた。滞在しているとはいえ、私の家、竜崎さんは女性を家に上げることはせず、彼女の車の中で待っていたようだった。私は二人を家に上げた。

女性は酒井さんといって、報道雑誌の編集者だった。藤村の話によると、竜崎さんは米国の雑誌「グローブ・タイムズ」の専属として出発し、その後フリーランスになったが、グローブ・タイムズを中心に活躍してきたところ、日本では一部の雑誌にのみ掲載してきた。酒井さんはその雑誌の副編集長だった。私は女性の年齢は解らないが、酒井さんは伊藤先生と同じくらいだろうか。黒い長い髪、鼻筋が通った卵形の顔に品のよい瞳、小さな唇。なで肩の身体に薄い桜色のスーツを着ていた。

私は二人が車を降りてきたのを見た瞬間に、二人は深い仲であることを認めた。竜崎さんを見ていたのでは気づかなかっただろう。酒井さんの様子に何かがあったので認めたのである。当然ながら、竜崎さんも酒井さんも何も言わず、竜崎さんは酒井さんのことを報道雑誌の編集者とのみ紹介し、酒井さんは名刺を出して私と交換した後に、自己紹介を兼ねて雑誌のことを話した。酒井さんの話を聞いていて、藤村が定期購読していたのを思い出した。

小一時間だったか。竜崎さんと私が酒、車を運転する酒井さんが紅茶を飲みながら話した後、酒井さんは帰っていった。青梅の山間の暗闇に酒井さんの運転する車が見えなくなるまで、竜崎さんと私は見送った。

木曜日の昼、竜崎さんから火曜日と同趣旨のメールが届き、私は何かの間違いかと思いながら、やはり九時過ぎに帰る旨返信したところ、竜崎さんから火曜日同様、帰宅をお待ちするとのメールが届いた。

一昨日訪ねてきて私に会っていった酒井さんが、そのすぐ翌々日に会いたいというとは思えない。仮にそうだとすれば、酒井さんが会いたいと言っているので、待っているというような趣旨になるだろう。しかし、竜崎さんのメールは、会いたいという人がいるので、という火曜日と同じだった。

酒井さんは私に会った翌日、すなわち昨日、丁寧なお礼のメールを寄越した。お礼の最後に、何かあれば教えていただければ幸い、近いうちに東京都心のどこかでお話を伺えれば幸い、とあった。必要ならば、会いたいのであれば、直接連絡することもできる。

そう思いながら帰宅すると、先日とは違う車、小さなジープのような車が停まっていた。私の車の音に、やはり助手席から竜崎さんが、運転席から女性が降りてきた。

火曜日と同じく、私は二人を家に上げて、話した。

今度の女性は大原さんといって、難民支援の非政府団体の日本代表を務めていた。竜崎さんは戦場だけではなく、紛争のために国外脱出を余儀なくされる難民の様子も報道写真家として取材、撮影していたので、難民支援団体とも近い関係にあった。大原さんも、日本代表に就任する前は、難民支援の第一線で活動していた。竜崎さんと知り合ったのも難民キャンプ、ということだった。背が高く、竜崎さんほどではなかったが、私よりも背が高いほどで、短めの髪に、整った顔立ち。ブルゾンの下に、鮮やかな青のセーター、パンツ。何より、やはり車を降りたときの様子に、私はこの女性も竜崎さんと深い仲にあると認めた。

やはり小一時間。大原さんは帰っていった。竜崎さんと私が暗闇の中を見送った。

大原さんから、その夜のうちにメールが届いた。明日よりアフリカの難民キャンプの支援に赴く由、何かあればご連絡いただければ幸い、とあった。

五

土曜日、伊藤医院での診療を終えて、看護師の大橋さんが自宅へ帰った後、往診から戻った伊藤先生とひとしきり話していた。互いが診療した患者のことを話した後、話題は竜崎さんのことになった。

「精神錯乱と言っても、誰も見ていないので、何とも言えないけれど、戦場で厳しい、恐ろしい経験をしたはずなのに、全くその様子が窺えない。精悍な身体は戦場をくぐってきたことを物語っているけれど、私の家に来てからは、全くの日常。あまりに落ち着いているのでお寺の住職のよう。しかし毎晩のように、うなされている」

伊藤先生は興味深い目をして聞いた。

「夢の分析をなさるんですか」

「竜崎さんは精神科医たる私が預かっているけれども、精神科の患者として預かっているわけではないので」

伊藤先生は理解に苦しむという顔をした。

「明らかな精神病であれば、本人の意思は別にして、治療をするけれど、そうではない。だとすれば、本人から申し出がないのに、分析なんて。藤村とは毎日話しているが、彼も踏み込まなくていいと言っている」

「でも、竜崎さんの話を聞いていれば……」

「竜崎さんとはいろいろな話をするけれど、夢の話は一切しない。夜、うなされているのを自覚していないように見受けられる」

伊藤先生は腕を組んで考えているようだった。

「精悍で、落ち着いていて、でも、夜にうなされる住職、否、戦場写真記者。先生は、どうして住職なんて言われたんですか」

「それほどに、落ち着いている、というか、俗っぽいものを感じさせない。余計なものを、そぎ落としているような」

「戦場で、写真を撮影するために、生死を賭しているから、一つのことに専心しているからですか」

「そうかもしれない。しかし……」

私は思いついたことを言おうとして、躊躇した。

「しかし、何ですか」

伊藤先生の好奇心に催促されて、言葉にした。

「唯一、というか二度ばかり、女性がやってきたときには生気を感じた。私のような男女のことに疎い者ですら、深い仲と直感したのは、人間としての、あるいは男としての生気を感じたからか」

伊藤先生がからかうように言った。

「私も昔々に結婚に失敗して、中井先生も失敗して、結婚に向いていないと思っていたんだけれど。生気に気づいたのは精神科医としてかしら、人間、男としてかしら」

私は考えてから答えた。

「精神科医としてよりは、人間、あるいは男としてだろうね」

「精悍な男性なんて、最近お目にかかっていないから、いつかお会いしたいな」

伊藤先生がいたずらっぽい、でも結構真剣な目をして私に問いかけた。伊藤先生と話していると、時々、普通を踏み越えてしまう。

「今から一緒に行きますか。明日は休診日だし、青梅で泊まっていって、明日帰ってくればいい」

伊藤先生の目が輝くように見開いた。

「喜んで。中井先生のお伴をさせていただきます」

二台の車で青梅に向かった。私の白のフィットの後ろに、伊藤先生の赤い小ベンツが続く。途中で電話し、竜崎さんに伊藤先生を連れていく旨伝えた。彼女のことは既に話してあったので、竜崎さんは夕食を三人分にして待っていると答えた。

週末ドライバーの不注意運転による事故で一部渋滞したのを除けば、青梅街道は順調だった。青梅の家に着き、伊藤先生が竜崎さんのためにと持参したウィスキーを持って車から降りる。車の音に竜崎さんが玄関から出てきた。二人が挨拶を交わし、竜崎さんがお酒を受け取って、三人は中に入った。


四十の内科医、五十の精神科医、六十の戦場写真記者という奇妙な組合せであったが、伊藤先生がよく話し、竜崎さんに遠慮なく話しかけ、問いかけ、彼もいつもにまして口が滑らかだった。両者、気が合ったようだった。

料理は、今や自然となってしまったが、竜崎さんの手になるものだった。ほうれん草のお浸し、京人参の煮物、風呂吹き大根、厚焼き玉子、鰺の南蛮漬け、鶏団子の照り焼き、そして白いご飯にしじみの味噌汁、香の物。いずれも高価な食材ではなく、青梅の駅前の店で買ってきたものばかりで、竜崎さんが独り料理したものだったが、大層美味しかった。竜崎さんはきちんと習ったことのない、男の手料理だと謙遜したが、むしろ繊細な味付けだった。

「先生、毎日、竜崎さんの手料理を食べているんですか。いいなあ。私は料理なんて、結婚する直前に母親から習ったんですけれど、所詮インターンでこき使われているときでしたから、大したものは覚えられず、結婚にはすぐに破れて、それ以来、食べてくれる人もいないので、料理なんていうものはお店で食べるものになってしまって。これら皆、家庭料理のはずなのに、お店で食べるものより、はるかに美味しいです。竜崎さん、よろしければ、ここを出て、私の家にお泊まりになりませんか」

これには竜崎さんも笑った。

「いくら六十過ぎの老いぼれであっても、先生のようなきれいな女性がお一人で住んでおられるところに厄介になるわけにはいきません」

六十過ぎというものの竜崎さんの純朴なまでの言葉に、さしもの伊藤先生もたじろいだようにも、恥じらいだようにも見えた。一拍あってから伊藤先生が応じた。

「一人で住んでいますけれど、きれいな女性ではありませんから。中井先生なんて、毎週土曜日の朝、会うたびに説教ですもの。もう少し、もう少しだけでいいから、女らしく、人間らしくって。まるで死んだ父のよう」

伊藤先生は私に話を振った。

「亡くなった先生に言われていたんだ。あれの母親が先に逝ってしまったので、私が逝ったら、誰の手にも負えなくなる。中井君の言うことはまだ耳に入れるから、ことあるごとに言ってほしいって」

私は先代に頼まれたときのことを思い出しながら言った。伊藤先生がどんなに気が強く、言うことをきかないとしても、先代との約束は約束だった。

「竜崎さん、ひどいでしょう。自分だって結婚に失敗し、精神科医の務め以外、毎週、うちで内科医として診療にあたるだけの人生なのに、男らしいとか、人間らしいとか、自分だって遠いのに、私に説教するんですよ」

竜崎さんは笑みを浮かべ続けていた。

「私には伊藤先生はとても魅力的ですよ」

竜崎さんの言葉に、伊藤先生が黙ってしまった。それから照れ隠しのように私を見た。私は伊藤先生の知らなかった表情を見た。

食事を終えてからも三人は種々のことを話していた。

藤村から電話があって、私が別の部屋でしばらく話してから、居間に戻ったときのことだった。何か、雰囲気に違うものを感じた。竜崎さんを見ても、伊藤先生を見ても、何も変わりない。しかし自分がはずしている間に、ここは何か違っていた。二人の間で何かあったのか。二人で何かを話したのか。二人に聞くのもためらわれ、元いた位置に座った。

そのとき、竜崎さんが言った。

「昔話を聞いてもらえますか」

伊藤先生が頷き、私も頷いた。

六

……私の父は横浜で写真店を営んでいました。カメラの販売も、現像、焼付けも、写真の撮影も。私は戦後数年して生まれたのですが、幸いにして苦労はなく育ちました。店によく出入りしていたので、自然と写真、カメラになじみました。大学には行きましたが、いずれ店を継ぐのだと思っていて、勉強もせず、好きなことをして過ごしていました。否、いろいろと試みましたが、好きなこと、したいことが見つからなかったのです。

大学三年の冬になって、周囲は就職活動にかかっていましたが、私は勝手気ままな身の最後にアメリカ旅行をしようとアルバイトで稼いでいました。そんなとき、父の店にアメリカ人の女性が訪ねてきたのです。カメラが故障したようで、グランドホテルのコンシェルジュが、竜崎写真店ならば何とかしてくれるか、と連絡をしてきたのでした。当時は今ほどメーカーのアフターサービスも充実していませんから、修理に出したら時間がかかる。しかしその女性は急いでいると言うのです。父はともかくそのカメラを見てみようと答えました。そして私を通訳として同席させました。勉強はしなかったのですが、英語はそこそこ話せたのです。やはり横浜、外国人がもともと多い土地柄ですから、受験勉強はいやでも英語は興味を持って勉強したからでしょうか。

やってきた女性は白人、金髪のロング、鼻筋が通って、薄い唇、そして視線の鋭い美人でした。大柄な女性で、ヒールを履いていると私より高いくらいでした。アメリカの雑誌「グローブ・タイムズ」の記者で、ベトナムの取材に行く途中、日本に寄ってつかの間の休日を楽しんでいたのでした。ところが休日も終わり、これから取材に出かけるというときになって、カメラのシャッターが下りないというのです。ニコンの一眼レフでした。父が修理している間、私は彼女、キャンディス・ブラウンと話していました。

彼女は記者の仕事について話してくれました。英語で話していたせいもあって、聞くのも話すのも必死でしたが、彼女の話があまりに興味深いので、それこそ我を忘れていました。一時間もしないうちに、父は修理してしまい、彼女は喜んで受け取りましたが、父がこの程度のことならば修繕費は結構と言ったので、彼女は驚き、その代わりにフィルムをたくさん買いました。そして私を連れ出してグランドホテルのラウンジで話の続きをしてくれました。

当時、彼女は三十、私より一回りほど上です。グローブ・タイムズ誌の記者として既に名を成していました。大統領選挙であれ、ベトナム戦争であれ、ほぼ単独で取材をし、記事を書いているのです。彼女には助手を兼ねるカメラマンが同行していました。しかし、そのカメラマンは今回の取材に同行しないのだ、と、やや哀しそうに言いました。当時、私は若かったので気づかなかったのですが、そのカメラマンとは恋仲だったのでしょう。私的な関係が終わり、彼は仕事の関係にも区切りをつけた。失恋を癒すためにベトナム取材の前に日本に立ち寄った、というのが真相でしょう。彼女はこれまでの取材と異なり、助手はまだしも、カメラマンなしで赴くところでした。危険なところへ、気の合わない者と行くより、単独のほうがいいというのが彼女の決断でした。しかし撮影には自信がなさそうでした。今回の記事は写真がないものになるかもしれないと言っていましたから。

暗くなるまで話をし、結局、彼女とホテルの中で夕食を一緒にし、それから港を少し散歩して、帰りました。

驚いたのは、翌朝、彼女はまた店にやってきたのでした。ホテルのコンシェルジュに事前に連絡をしてもらって、私を店に呼び出していました。彼女は、私が父の店に子供の頃から入り浸っていたので、写真撮影は専門学校に通っている連中より上手いと思う、この夏休みにアメリカ旅行に行くつもりだと話したのを、気に留めていました。そして私が撮影した写真を見せてほしいと言いました。今思えば、カメラや写真はあまりに身近なものだったので、好きなこととすら思わなかったのですが、自分そのものと言ってもいいようなものですし、父は興味を抱いた子供を徹底して教育しましたから、確かに専門学校程度のことは十分に備わっていました。

写真を見終わると、キャンディスは私に、これから言うことを通訳として父に正確に伝えるように言いました。何事かと思いますよね。彼女は父に、グローブ・タイムズ誌の記者として、これからベトナムに取材に行く。あなたの息子さんにカメラマン兼助手として同行してもらいたいのだが、認めてもらえるだろうか、と言いました。父は、息子が自分をからかっていると思ったようでしたが、私の表情、彼女の表情に事情を理解し、無言で店を出ていきました。どこへ行ったのか。後で聞いたら、港まで歩いたと言っていました。帰ってきたときには、いつもの顔になっていて、私に言いました。既に成人している息子の行動は息子自身の決めることだ。私は父が何を言い出したのかと思い、父を見ていましたが、父が通訳としてブラウンさんに伝えなさいと言ったので、言葉の意味を実感することなく、日本語を英語に直して伝えました。私の英語を聞くと、キャンディスは父の手を取って、thank you と言い、それからおもむろに、アリガトウ、と言いました。

当の私は、何も考えていませんでした。思い返すたびに不思議なのです。私の人生を変えた瞬間なのに、意思らしいものは浮かばなかったのです。キャンディスの記者に関する話はあまりに興味深く、一心に聞いていました。本当に病的なほど魅入られていました。しかしキャンディスが父に申し込み、父が答えるのをつないでいる間、私には意思らしい意思はありませんでした。映画かテレビのドラマを見ているようでした。この瞬間に自分の人生が変わろうとしているのかもしれない、自分を撮影できるものならば撮影したいな、と思ったことを覚えています……。

竜崎さんはしばし沈黙し、遠くを見つめていた。

私は藤村がメールで送ってくれていたキャンディスの写真を想起した。藤村は竜崎さんを私に預けるだけではなく、国会議員とも相談しつつ、職責を超えて竜崎さんのことを調べていた。キャンディス・ブラウンについても藤村は調べていて、彼女自身の写真も複数枚確保していた。彼女に連絡を取ってもいた。

最近の彼女は歳を重ねて麗しいとすら感じさせるが、若い頃は知的で意志の強そうな美人だった。今は短めだが、昔は長い金髪、碧い鷲のように鋭い眼、高い鼻筋、薄い唇。背は竜崎さんより高いほどだが、なで肩であるためか、いかつくは感じさせない。戦場の現場近くで撮影されたと思われるものでは、白い肌が強い情動で紅潮していた。

……それからベトナムに向かうまでのことはよく覚えていません。いろいろな手続きがあったと思います。幸いにして旅券は取っていましたから、あとは査証とかでしたが、彼女は自分の取材日程を遅らせた上で、種々手配してくれました。グローブ・タイムズ誌本社に掛け合って、そこからいろいろなところに手を回してもらったようです。普通ならば、突然、ベトナム取材に同行するなんてできなかったでしょう。冬の終わりには羽田を発ち、サイゴンに着きました。

一九七五年三月。四月末にサイゴンが陥落したのです。そう言えば、当時の状況がお解りになるでしょう。パリ協定により米軍が撤退し、協定にもかかわらず北ベトナム軍は攻撃を増し、ニクソン大統領は辞任、三月には北ベトナム軍は全面攻撃。サイゴンは混迷というような生易しい状況ではありませんでした。国が崩壊しようとしているのです。社会の上層部から我先にと逃げ出していました。お金の価値は日に日に落ちていきます。街の外は、戦闘中か、戦争の跡か。

キャンディスと私は時にサイゴンを出て、戦闘の跡も取材しました。ナパーム弾、枯葉剤、化学兵器の使用の跡、虐殺の跡。戦争を知らなかった私には正視できない光景がいたるところにありました。しかし報道写真を撮る者としてまず事実を見なければならないのです。街の中は、建物をはじめ形はあるものの腐敗しているか、崩壊しつつあるか。人間の欲望、醜さはかくも凄いものかと思わされました。その中で、生き延びようと多くの者が必死でした。他方で、自分たちは逃げることができないから、崩壊までの間せめて享楽的に生きてやるという者も少なくありませんでした。

三週間して、キャンディスは私に、ここを出て日本に戻るように、と言いました。しかし私はなかなか従いませんでした。キャンディスは強い人間ですが、一人ではできることに限りがあったのです。写真は撮れませんし、取材をし、暮らしていくにも、一人では難しいものがありました。日本から来ている特派員の方たちと私は時折情報交換をしていたので知っていますが、皆さんお一人で、現地人を助手として取材を続けておられました。本当に皆さん立派でした。それに、何より、報道写真の仕事に惹かれたのです。

サイゴンに入って一週間、キャンディスが第一報として送った原稿は、短いながらもグローブ・タイムズ誌に最新の情報として掲載されました。そして、小さいながら私の撮ったサイゴンの様子の写真が一緒に掲載されたのです。送られてきたグローブ・タイムズに自らの写真が載っているのを見たときのことは忘れません。今まで自分でしたいことが見つからない、父の仕事を継ぐとしか考えられなかった人生で、初めて運命というものを考えました。キャンディスは私にここを出るように言うものの、自分は出ようとはしませんでした。

本当は数週間、サイゴンの取材をして、今後の行方を考える記事を書くつもりで来たのですが、事態はキャンディスの考えを超えて進みました。サイゴン陥落は、予想される今後の行方ではなく、今起きつつあることになったのです。記者として現場を離れるわけにはいきませんでした。私がなかなかサイゴンを出ていかないので、キャンディスは迷ったと思います。記者として、記事が掲載される喜び、動いている現場で見届け、記事にして送る使命感というようなものはよくよく知っています。それは文章であれ、写真であれ変わりません。それに一人より二人のほうが強いのです。未熟な若者でも、一人の人間として役に立っていました。毎朝、顔を合わせては、今日こそ出て行く仕度をするように、と彼女が言って、実際には二人でサイゴン中を取材し、夜遅くになってくたびれて眠りました。

そうしているうちに北ベトナム軍の攻撃、包囲網は狭まり、空港は破壊され、脱出困難になりました。たった一枚の写真が掲載されたというだけで、判断を誤り、生死を賭けるのか、と自分の愚かさを悔やみました。キャンディスも同じようでしたが、一度"I am deeply sorry."と言った後、そのことには触れませんでした。あのときは、冷たいというか、淡白だなと思いましたが、本当は、キャンディスは偶然から危険な取材に同行させてしまった者に対する責任をずっと心の内に背負っていたのですね。

いっそう混迷するサイゴンを、キャンディスは私を伴い取材し続けました。その頃になると、キャンディスがどのような写真を望んでいるか解るようになりましたし、キャンディスの考えとは別に、自分の考えで撮った写真を後に見せて褒めてもらうことも増えました。

そしてフリークエント・ウィンド作戦、サイゴンから米軍関係者などをヘリコプターに乗せてサイゴン沖合いの米海軍の空母に撤退させる作戦が始まったのです。在留日本人はヘリコプターに乗ることを認められませんでした。日本は直接参戦していないので、サイゴンに残っても迫害を受ける可能性は低いということを理由にされましたが、要は、すべての人間を救うことができない中で、人間の命の優先順位として、当然ながら米軍は米国民を最優先したということです。脱出困難になったとき、私はこのような時が来るのを心の底で予期していました。両親への遺言をキャンディスに託すつもりでした。

私はキャンディスと一緒にヘリコプターの発着場所に行きました。彼女を見送り、遺言を託すために。ところが、彼女は私を連れて乗ろうとするのです。

彼女はグローブ・タイムズ誌の敏腕記者として知るすべての米軍関係者に、私の救命を頼んでいました。彼はグローブ・タイムズ誌の報道写真記者である。自分と一緒である。私は彼女の行為を知っていましたが、期待していませんでした。諦めなければならないと思っていました。それに、わずかの間でも危険な状況下で知り合った他の日本人が脱出できないのに、自分一人が脱出してもよいものだろうかという疑念に取りつかれていました。自らの生存を諦めなければならない状況で、次善の策は、キャンディスに両親への遺言を届けてもらうことです。私はキャンディスをヘリコプターに乗せるために押し込もうとしました。

しかし、彼女は持っていた鞄を捨て、その手で私の腕をつかんで離しませんでした。それでもヘリコプターへの搭乗を指揮する兵士は、私の搭乗を認めようとはしません。キャンディスから私を引き離そうとしました。

キャンディスが叫び出しました。言葉ではなく、原始的な叫びです。私はキャンディスのあれほどの必死な形相を後にも先にも見たことがありません。狂気の形相でした。周囲の者がさすがにひるみました。その隙に彼女は私の手を引いてヘリコプターの奥に乗り込みました。

その瞬間でした。隣に次のヘリコプターが到着しました。キャンディスと私のために搭乗が遅れた者がそちらに駆け出しました。搭乗を規制していた兵士もこれ以上時間をかけるわけにはいかないと観念したようでした。やがてヘリコプターはキャンディスと私を乗せたまま離陸し、空母に向かいました。

空母に着くまでの間、キャンディスは周囲を睨むように警戒していました。空母に着いて部屋を与えられても、私の腕を離すことはありませんでした。彼女に話しかけるすべての者に、彼はグローブ・タイムズ誌の報道写真記者である、自分と一緒である、と言い続けました。

日本の地を踏んで、ようやく私も生きた心地がしました。彼女は微動だにせず、竜崎写真店に私と直行し、私の両親に心配をかけたことを詫びました。私は彼女の言葉を通訳した後に、真相を話しました。父も母もキャンディスの手を握り、泣きながら、お礼の言葉を繰り返しました。

しばらくして落ち着いて、私はキャンディスをグランドホテルに送りました。部屋に入ったところで、彼女が泣き出しました。私は彼女が泣くのを見たのは初めてでした。私を日本に送り届け、安心したのでしょう。しばらく様子を窺っていましたが、いつまでも泣き止まぬので、一人にしておいたほうがよいかと、私は部屋を出ようとしました。すると、彼女は私に抱きついて引き止めました。私は彼女の涙が枯れるまでソファに座って抱きしめていました。

その夜、初めて愛し合いました。二人で生死を分かつ状況をくぐって、今、生きているということを確かめることができました。

七

竜崎さんは、そこまで話すと、突然、途切れてしまった。遠くを見つめているようにも、視線が定まらぬようにも見える。声をかけるのも躊躇われた。

昔話が始まったときには、竜崎さんの語り口はいつもの落ち着いたものだったが、サイゴン陥落と脱出について話しているときの様子は、別人のような、異様なまでの、熱を帯びたものだった。それが突然、途切れ、生気を失っている。

私は彼をそのままにしておくことにして、伊藤先生を客用の寝室に案内した。

「そうですね。確かに、藤村さんが中井先生に預けようとなさったのは正解でしょうね。お話を始められるまで、全く普通、精悍な中高年という感じで、私も魅力的な方と思いました。しかし、お話が進むにつれ、普通ではないかな、と思わせる、だからといって、何がそうなのか言えませんけれど、普通でないと思わせるものが漂い、そして突然、途切れてしまって。そう、何かに取り憑かれて、話の終わりとともに、腑抜けになってしまった。その後の表情は、先生の待合室で見かけるものではありませんでしたか」

伊藤先生は竜崎さんに聞こえないように小さな声で言った。彼女の顔から好奇心というようなものが消え、医師の顔で私に対していた。

異様な取り憑かれたような語り口と、その後の腑抜けのような視線が定まらぬ表情は、初めて見るものだった。伊藤先生の魅力に触発されて、竜崎さんは昔話を始めたのかもしれないが、その話に内在するもののために盛り上がり、そして、突然、切れた。独りの世界に入ってしまったと思われた。

「イラクで何らかの大きな心理的ショックを受けておられる。そのショックの影響が表れていると考えているんですが、もう少し様子を見ます」

私は伊藤先生に話すというより、自分に向かって言っていた。

居間に戻ると、竜崎さんは横になって眠っているようだった。私もそのまま休んだ。

翌朝、私が目を覚ますと、既に竜崎さんは台所で朝食の仕度をしていた。伊藤先生はまだ寝ているだろう。男二人で先に済ませることにした。テーブルには竜崎さん定番の、珈琲とクロワッサンにスクランブルエッグ、ハムとソーセージが並べられた。私自身も、珈琲は豆を挽いて、ドリッパーでお湯を注いで入れるのが好きだが、朝食は大抵インスタント珈琲で済ませている。しかし竜崎さんは手際よく珈琲豆を挽き、ドリッパーで入れた。これが専門店の珈琲のように美味しかった。スクランブルエッグとハム、ソーセージも、こんなものでは違いがつきそうにないと思う料理だが、海外のB&Bの美味しい朝食を想起させた。

竜崎さんは、昨夜の食事が楽しかったと言うものの、自分が昔のことを話したのはなかったかのように話していた。彼はとても酒に強いので考えられないが、自分が話したことが記憶にないか、それとも、と考えていたとき、伊藤先生が姿を現した。

「おや、先生にしてはお早い」

「人のお宅にご厄介になっているのに、遅くまで寝ているわけにはいきません」

「せっかくの日曜日、よく寝ておかないと、月曜日からに響きますよ」

「大丈夫です。ぐっすりと眠れました。昨日のお話のせいかしら」

伊藤先生のおかげで、話題が昨夜の昔話に行くかと思ったところだった。竜崎さんが食事を勧めた。

「どうぞ」

「わあ、B&Bのよう。昨日は、山間《やまあい》の和風旅館で、今日はベッドアンドブレックファースト。これから毎週末、ここに泊まりに来ようかなあ」

伊藤先生の感嘆に、竜崎さんが自然に応じた。

「そうされますか。私が申し上げる立場ではありませんが、そのようになさるのであれば、喜んで料理を作らせていただきます。中井先生は喜ばれると思いますし」

朦朧としていた伊藤先生の血圧が平常にまで上がったようだった。

せっかく伊藤先生が青梅に来たこともあり、竜崎さんと伊藤先生と私で吉野梅郷に赴いた。

三月上旬、今年は冬の寒さが厳しく、梅の開花が遅れていたが、ようやく開花していた。花梅の野梅、紅梅、豊後に実梅、白の一重、八重、紅の一重、八重、紅にも薄いもの、濃いもの。伊藤先生は一つ一つの木の名札で梅の種類を確かめ、花の形を見る。竜崎さんも伊藤先生と並んで一つ一つ見ている。私はそこまではせず、時に近づき、特に白の一重を好んで見た。

梅を見ながら、私は竜崎さんがカメラを手にしないことを考えていた。藤村に伴われて来訪して以来、カメラマンバッグを青梅に運んできたものの、バッグを開けたところを見たことがない。おそらく日中、私が診療に当たっている間に、カメラで近所の撮影でもしているのではないかと思っていた。しかし今日も、吉野梅郷に行きましょう、梅がきれいですよ、と誘ったのに、竜崎さんはカメラバッグに触れもしなかった。

世に知られた写真記者がカメラを持たないということがあるだろうか。戦場しか撮影しないのか。否、彼は戦場以外も撮影していたはずだ。写真記者がカメラを使わない、撮影しないのには、何か理由があるのだろうか。

伊藤先生は竜崎さんと大きな梅の木のそばで、少し見上げて白い梅の花びらを見続けていた。伊藤先生が竜崎さんを気遣っているのがよく解る。昨夜の取り憑かれたような様子、腑抜けの様子が脳裏から離れないのだ。そのうえ、夜、竜崎さんの寝ている間のうなり声を聞いた。竜崎さんが朝食の片づけをしているとき、伊藤先生は私に耳打ちをして、夜が明ける前、うなり声を聞きました、とささやいた。取り憑かれ、腑抜け、うなり声。それを伊藤先生は竜崎さんに悟らせてはならないと意識している。同時に、伊藤先生は世界的な戦場写真記者に魅かれていた。尊敬の眼差しのようなものも見える。日頃、気にしていないが、本当はきれいだ、と私はあらためて伊藤先生のことを見直した。

八

伊藤先生を青梅駅まで送り、買い物をした後、竜崎さんと私は午後のんびりと過ごすことにした。お茶を淹れながら、竜崎さんが言った。

「伊藤先生は魅力的な方ですね」

「そう思われますか。もう少し、もう少しだけでいいので、女として化粧とか衣服に気を使うといいんだと思いますが。先代が亡くなるとき、医者としての娘については好きにさせるが、せめてもう少しだけ人間らしく、女らしくと願っておられた。託された者として、どうすればいいのか解らないままに、時間だけが経った」

「そういうことも大事だとは思いますが、人間としての魅力が何より一番でしょう。人間としての魅力、さらには女性としての魅力はとても素敵だと思います」

「伊藤先生のことは、彼女が学生時代から知っているのです。お話ししたように、彼女の父上にはお世話になって、父上、先代が亡くなってからも伊藤医院で内科の診療にあたっているのは、そのためなのです。思えば、人間としての魅力、まして女性としての魅力なんて考えたことがなかったな」

「もったいない。それに、恋をなされば、人を好きになられれば、というか、人を大事に思っていることに気づかれれば、あっという間に見違えるようになりますよ」

「そうでしょうか」

「そう思います」

「でも、恋をするには、人間らしく、女らしくなってからのように。今のままでは、恋に陥りようがない」

「先生は、医者であることを離れて、人間らしく、女らしく。そうすれば、恋をすると思われているんでしょうが、実は女らしくなる前にも、恋をしておられるかもしれない。恋をしておられることに気づかれたときには、自然と人間らしく、女らしくなれるんじゃないでしょうか」

私は合点がいったような、いかぬような気持ちだった。

「どうすれば、恋をしていることに気づくんですか」

竜崎さんがやや考えてから言った。

「大事に思っている相手を失いかけたときでしょうか」

竜崎さんの経験に基づく言葉のようだった。私にはないかもしれない。離婚をしたときにも、暮らしが厭になったが、相手を失うことに痛みはなかった。恋をしていなかったからか、そもそも大事に思っていなかったからか。恋が終わっていたからか、衰えていたのか。いずれにせよ、竜崎さんにはかなわぬようだった。私は話題を変えた。

「私が気づいたのは、むしろ伊藤先生が竜崎さんに敬意の念を抱いたことでしょうか」

「そうですか。敬意の念なんて。私のようなものに」

「藤村から聞いた程度のことは、彼の了解を得て、伊藤先生に話してあったのです。彼女は是非お会いしたいと言っていました。私のようなくたびれた人間しか見ていなかったということでしょう。精悍な方を見てみたいと。でも、お会いしてから、彼女の態度は違っていましたね。竜崎さんはお気づきにならなかったでしょうが、私は付き合いが長いので解りました。面と向かっては申し上げにくいのですが、私自身が同じなので」

　竜崎さんが私を見た。

「先生のような方に……」

「先生と言われますが、それは医師に対する呼びかけの言葉にすぎません。業界用語と言ってもいいと思います。少なくとも、小学生が学校の教師を先生と呼ぶような純粋な気持ちはないと思います」

「そうでしょうか。お言葉ですが、たとえ風邪をこじらせただけかもしれないけれど、近所のお医者さんに行って、先生に診てもらって、注射をして、薬をあげよう、大丈夫、と言われて、どんなに安心するか。手術の前に先生に説明を受けて、九十パーセントの確率で成功する、言い換えれば、十パーセントの確率で失敗する、と言われて、それでもこの先生ならと、お願いします、と頭を下げる。もちろんいろいろな医師がいるでしょう。私ももう二度と行かないと思った医師もいます。でも、この先生なら自らの、家族の命を、身体を託せる、託そう、と思ったことは、私の人生でもありますよ」

竜崎さんは真摯に私に向かって言った。私は何と答えればよいか解らず、ただ頭を下げた。

「すみません。偉そうなことを言いました。でも、伊藤先生にお会いして、何かあったら、この先生にお願いしよう、と思いました。正直に申し上げると、どうしてそう思ったか解らないのですが」

竜崎さんが笑って言った。そしておもむろに言った。

「先生、先生は私を精神科の患者として預かっておられるのでしょう」

私は思わず、首をかしげた。確かに、藤村から最初に依頼があったときには、戦場で精神錯乱を起こした人間として、心の問題が疑われ、精神科医としての私に預かってほしいとの依頼だった。しかし、依頼した藤村も、解らないからこそ、単に精神科医に依頼するのではなく、長い付き合いのある中井に依頼する、と言った。こうやって一緒に過ごしていて、患者として接しているわけではない。だが、全く気に留めていないのではない。脳裏では診ている。

「先生、精神科医として診たときに、私は正常でしょうか」

竜崎さんは、その精悍な顔つきで挑むようにして、私に尋ねた。その瞬間、私は精神科医になっていた。そして昨夜のことはあえて触れないと決めた。

「精神、心の問題に、正常か、異常かという言葉は適当ではないと思っているのですが、これまで一緒に過ごしている限り、精神科医として、今の竜崎さんに薬物治療をしなければならないような大きな問題があるとはお見受けしません」

私の言葉にも竜崎さんは挑むような姿勢を和らげはしなかった。一瞬、奇妙なことだ、と感じた。自らに精神的な問題があることを認めてほしいと無意識のうちに求めているようにも見えた。

「精神科の患者さんが我々を訪ねてこられるときには、家族に言われて、という場合もあれば、自ら考えて、という場合もあります。ご家族の代わりに藤村が私に竜崎さんを預けた、というところでしょうか。だとすれば、ご家族に対して、先ほど申し上げたことをお伝えします。もし、竜崎さんご自身が何か感じて、考えておられるのであれば、お話しいただけますか」

竜崎さんの姿勢は徐々に和らいでいるように思われた。

「先生。私のことを診てもらえますか。否、先生は既に診ておられますね。もう少し、診てもらえませんか」

私はおもむろに頷いた。

「どうすればいいんですか、精神科医に診ていただくというのは。先生の診察室に伺って、長椅子に横になって、お話をするんでしょうか」

私は竜崎さんの言葉に冗談が混じっているのかと思ったが、どうやらそうでもないようだった。

「長椅子のイメージはいまだにあるのですね。私のところには、この間いらしていただいたように、ないのですが。もちろん、診察室にお出でいただいてもよいのですが、藤村からは過度に警戒する必要はないものの、目立たぬようにと言われていますし、夜や週末に、お話しするのはいかがでしょうか」

竜崎さんは安堵したようだった。

「さっそく、今からでも結構ですが、先生はいかがですか。せっかくの日曜日の午後は、お仕事から離れたほうがよいのでしょうね」

「構いません。藤村に言わせれば、お預かりしたときに予定されていたことでしょう」

竜崎さんが立ち上がった。

「では、せめてお茶を淹れましょう。よろしいですよね」

私はもちろんと頷いた。

竜崎さんも私も居間の畳の上で座椅子に座っている。竜崎さんに言われて診療を始めるにあたり、診察室の椅子に座って向き合うのではなく、畳の上であることに私は慣れておらず、奇妙な感じがする。しかし、畳の上のほうがくつろいでよいかもしれない。少なくとも年配者にはよいかもしれない。試みてみるに値する。その間にも、精神科医として患者に問いかける手順を考えていた。竜崎さんはお茶を飲みながら、私を見ている。

「昨夜のサイゴン陥落のお話は、大変なことでした。写真は撮影されなかったのですか」

「さすがに、ヘリコプターに乗るときは、写真撮影どころではなかったので。ただ、直前まで、これが最後になるかもしれないと思いながら撮り続けていました。両親への遺言とともに撮影したフィルムとカメラをキャンディスに託すつもりでした。幸いにして、ヘリコプターに乗ることができ、カメラとフィルムは守れました。キャンディスの記事とともに、私の写真が、グローブ・タイムズ誌でサイゴンの最後を伝えました」

「よかったですね」

「そうですね。でも私にとっては、最初のほうが、たぶん最初であるが故に、記憶に残っています。サイゴン脱出の出来事があまりに衝撃的だったために、感覚が鈍っていたのかもしれません。何せ、脱出のとき、その後のこと、記憶が曖昧なのです。昨夜申し上げたことは、とても鮮明に覚えています。しかし記事のことは、随分経ってからバックナンバーを見て、こんな記事と写真だったのか、と思ったほどなのです。最初の写真は一ページの四分の一より小さいくらい。陥落の記事の写真はグローブ・タイムズ誌見開きなのです。でも、私には印象が薄い」

竜崎さんが私を見た。自らの心に浮かんだものを口にすべきか否か迷ったので、私に判断を仰いでいるようにも思えた。私は視線で促した。

「キャンディスの半狂乱があまりにも衝撃だったのでしょう。それに、現地に残る日本人への後ろめたさでしょう。皆、生死を分かつ、生存がかかる状況だと思っていた。同じ日本人なのに私だけがキャンディスの半狂乱のおかげで救われ、さらには写真が撮影者名とともに世界に配信された。まだ学生で、卒業の見込みもたっていないのに」

私にはやむを得ないことと思われたが、当時の状況に自分が置かれれば、同じような後ろめたさを背負うかもしれないとも思った。話題を転じるべきかと考えたとき、竜崎さんのほうから転じた。

「キャンディスは日本を発つに当たり、ともかく大学を卒業するように、と強く求めました。これからも助手兼カメラマンとして組んでいきたい。報道写真記者として生きていくためには、撮影の技術だけでは無理、対象を理解する必要がある。そのためには大学で基礎を身につけておいてほしい。一年待つ。その間に大事な取材があれば、呼ぶから。そう言って、私の手を強く握りしめて羽田からアメリカに戻っていきました」

竜崎さんは照れながら私を見た。

「人生でいちばん勉強した一年でした。政治学、経済学、国際関係。歴史に地理。自然科学も。そして語学。英語はむろん、フランス語、ドイツ語、スペイン語、中国語、韓国語。日常会話程度はできるように勉強しました。やはり目的があると違いますね。語学にしても、明日、現場で話すことになると思うと、文法がどうだこうだ、というより、ともかく覚えようという気になり、頭に入るのです。

夏休みは、サマーインターンとしてグローブ・タイムズ社本社で働きました。キャンディスに同行して写真を撮り、社内で使い走りをし。記者として鍛えられました。他の者に比べれば、キャンディスの後ろ盾があり、サイゴン陥落の写真を撮ってきた者なので、周囲に認めてもらっていたのは若造でも解りました。夏休みが終わって日本に戻り、大学の先生も驚くほどにひたすら勉強し、卒業し、そしてあらためてグローブ・タイムズ社に入りました」

竜崎さんの表情が再び陰った。

「若い者の強迫観念と言ってもいいかもしれません。サイゴン陥落で日本人として残らなかった者は、日本では生きることはできても、認めてもらえない。必死に勉強したのは、キャンディスに言われたからでもあり、自分でも必要だと考えたからでもありますが、自分にはこの途しか残されていないという強迫観念が強かったからのように思います」

竜崎さんが寂しそうに振り返った。

私は話題を転じることにした。

「その後、キャンディスさんと一緒に取材されたのですね。キャンディスさんが三十半ば、竜崎さんが大学卒の二十歳過ぎ。どれくらいご一緒に取材されたのですか」

「徐々に、私も独り立ちをして、別々の取材をするようにはなりましたが、彼女にとって大事な取材には私が同行しました」

「戦争が多かったのですか」

「戦争、戦争とはいわない戦争、紛争にも数多く行きました。本当はサイゴン陥落以上に恐ろしい思いも少なからずしました。サイゴンは最初なので特別ですが。戦争以外でも恐ろしい思いはしました」

竜崎さんが私を見た。生気を少し失っているようにも思えた。話すことをためらっている。私は促した。

九

……マフィアの一員に取材したことがあります。やはりキャンディスの取材網でつながった人物でした。年老いた彼は、マフィアを裏切ろうとして、しかし、マフィアに気づかれて、覚悟していたのです。実はそのことを我々は知りませんでした。マフィアについて話すということだったので、キャンディスと私は指定された彼の隠れ家に赴いたのです。彼は、私がマフィアと聞いて想像するような人物ではなく、明るいイタリア系のおじいちゃんでした。マフィアのそれなりの地位だったのですが、映画、ゴッドファーザーに出てくるような人物とは違って、どこにでもいそうな人物でした。

彼は、いろいろなエピソードを話してくれました。あくまでエピソードだと、具体的な名前などについては慎重に隠していましたが、マフィアの実態を知るには十分でした。賭博、売春、麻薬取引、銃撃戦、そのほか様々な裏稼業。彼は顔を撮影しなければ、写真を撮ってもいいと言ってくれましたので、キャンディスが取材している間、私も写真を撮りました。

徐々に、彼のエピソードに熱がこもります。やがて、彼は自分がナイフの名手だと説明し、庭に出て実演してくれました。十メートルは離れた的に向かってナイフを投げ、見事に射止めるのです。私は彼の顔を撮らないようにしながら、ナイフ投げの撮影に引き込まれました。

これで十分かというように彼は私たちを見ました。それから私たちに少し離れるように手で指図をし、

「自殺を他殺と思わせる方法を紹介しよう。この特別な細工のしてあるナイフを使ってね」

と言いました。彼は私にカメラを構えるように促しました。私は彼の意図を理解しないまま、促されるままに構えました。

彼は天上を見上げ、ナイフを持った右手を振り上げました。ナイフが高く上がり、刃が下になって、落ちていきます。私はファインダーを通してナイフ投げの決定的な瞬間を撮影しようとナイフにのみ集中していました。彼がどのような姿勢でいるか気づきませんでした。

ナイフの動きを捉え損ねたと思った瞬間、キャンディスの悲鳴を聞きました。

ナイフは横たわるマフィアの心臓を貫いていました。即死でした。

彼がマフィアを裏切ろうとして、マフィアに気づかれ、家族の生命を脅かされて、

選択した自殺でした。司法当局が彼を保護していれば違ったのでしょう。しかしそこには至らなかった。彼は最後だと思って、死に至る場の証人として、何も知らぬキャンディスと私を選んだのです。記者を証人として選ぶとは。

警察が来て、我々が証言し、自殺として処理されました。しかし後になって、保険会社は彼の事件を事故として処理し、彼の家族には多額の保険金が支払われたとキャンディスが確認しました。

十

竜崎さんの語り口は昨夜とは異なり、熱気は帯びていなかった。否、むしろ段々と生気が失われ、死体のように冷たくなっていくように思われた。

話は終わったものの、私からどのように継いだらよいか、探しあぐねていたとき、竜崎さんの携帯電話が鳴った。

酒井さんのようだった。電話に出た竜崎さんは「ちょっと待って」と言って、私に「酒井が会いに来ます、私を連れ出したいと言っています、続きはまたにしてよいでしょうか」と聞いた。私がもちろんと頷いたので、彼は「いいよ、待っている」と言って電話を切った。

彼は「すぐそこに来ていると言っていました」と言いながら、自分と私のお茶を片づけた。彼が居間に戻ったときに、「ごめんください」という酒井さんの声がした。おそらく家の近くで電話をかけてきたのだろう。

夕食までには戻ってきます、先生に私の手料理をお作りするのがせめてもの私の務めですからと言って、竜崎さんは出ていった。玄関先まで私は見送り、酒井さんは私に一礼をして赤い車に乗って出かけた。

竜崎さんと酒井さんを見送って、家の中に入ろうとしたとき、私は誰かに見られているような気がした。振り返る。当然ながら人気《ひとけ》はなかった。

翌月曜日の夕刻、酒井さんが診察室に訪ねてきた。

竜崎さんに紹介され、私にメールを送り、私が返信をして、竜崎さんを通さずに意思疎通ができると確認して以来、酒井さんは時折、編集者らしく読みやすい文章のメールを私に送ってきていた。酒井さんは竜崎さんのことを心配していた。そして青梅の家の玄関先で挨拶をしたときに、酒井さんは私と二人で直接会って話をしたいと思ったようだった。

静かな診察室で、私は酒井さんにアールグレイの紅茶、自分に珈琲を入れて、とりとめのない話を始めた。やがて酒井さんが竜崎さんとのことを話し始めた。

酒井さんが竜崎さんと知り合ったのは十数年前。まだ竜崎さんがキャンディスの取材のパートナーであった頃だった。

あるパーティで、業界では世界に知られる戦場写真記者たる竜崎さんと一緒になり、酒井さんは少し興奮する気持ちを抑えて話した。幸いにして、竜崎さんは酒井さんの話、仕事に興味を持ったようだった。酒井さんは、竜崎さんが自分自身に興味を持ったとは最初思わなかった。しかし竜崎さんは酒井さん自身とその仕事の双方に興味を持ったのだった。それから一週間、毎日、夜遅くに会い、深い間柄になった。

竜崎さんはキャンディスとは仕事にとどまらずパートナーであったが、彼女は結婚は望まず、別々の家に住んでおり、自由な身だった。酒井さんは世界的に著名な記者、キャンディス・ブラウンのことはよく知っていたし、竜崎さんと親しいということも、さらに竜崎さんがキャンディス以外の女性と親しいことも知っていた。キャンディス・ブラウンが戦争報道のような危険な現場から退き、人物のインタビューなど穏やかな取材、本の執筆に取り組もうとしていることは竜崎さんから聞いた。竜崎さん自身はまだ第一線で仕事をするつもりだった。

竜崎さんは深い間柄となってから、あらためてキャンディスとの仕事について酒井さんに話した。戦場の取材、おそらく世界中の戦争、紛争の状況はキャンディスの脳裏に刻まれているが、現場に赴くにあたっては、徹底した調査を行う。地誌、可能な限りの地図、写真を入手し、小さな町の一本の道路、建物一つ一つまで確認する。歴史も、紛争の経緯にとどまらず、国や民族の成り立ちに遡る。軍事、第一線の兵士の装備品から軍全体の戦力、後方支援能力、装備の調達先まで把握する。彼らの経済や政治も重要な調査事項であり、さらには文化も知る。そして人物、特に重要な人物は経歴、人柄、家族構成など徹底して調査する。記事のために必要であるのみならず、戦場で自らを守るためにも不可欠だった。

キャンディスは調査機関の分析官のように冷静に作業を進めていく。竜崎さんはパートナーとして調査を分担し、それぞれが把握したことを報告して、二人は夜遅くまで議論し、取材計画を練っていく。キャンディスは酒豪で、ワインの知識はなじみのソムリエも驚くほどだが、取材前の調査の間は一切のアルコールを断ち、深煎り、イタリアンローストの珈琲かアールグレイの紅茶を、愛用のアウトドアのマグカップで飲み続ける。取材に赴く前に膨大な報告書が出来上がる。

現場では、睡眠時間はぎりぎりまで切り詰めて、ありとあらゆるところを歩き回り、戦闘の第一線まで立ち入り、身をさらして戦場を見、写真に記録する。様々な、まだ幼い兵士から老練な指導者に至るまで、あらゆる人に会い、片言とはいえ現地の言葉も用いて話し、奥底まで聞き出す。取材の間はキャンディス自身の思いは決して表に出さない。短い質問をし、相手の言葉を頷きながら聞く。今日の天候のような何気ない質問に始まり、徐々に質問は核心に踏み込んでいく。相手が激昂しようとキャンディスは終始冷静を保ち、質問を続け、相手に話すよう促す。竜崎さんはその傍らで無言のまま、存在を意識させぬようにして、写真を撮り続ける。

一日中、見て、聞いて、という取材を続けて、宿に戻ると、キャンディスは取材内容を文字にしていく。竜崎さんは写真を整理する。キャンディスはその写真を見て、さらに記事を書いていく。わずかに眠り、また取材に赴く。過酷な取材は戦場を離れるまで続く。その間、戦場の取材においては、キャンディスは一瞬たりとも気を緩めずに緊張を保ち、時には必死の形相を見せて取り組む。帰国する飛行機が離陸し、窓から戦場が遠くになったのを確かめてはじめて、頬が緩み、竜崎さんにキスをする。機内のメニューにあるワインやウィスキー、日本酒があればそれも、乗務員が驚くほどに飲みほし、竜崎さんに寄り添って眠る。

酒井さんは自分がキャンディスの代わりを務められるとは思っていなかったし、親しい女性の一人として付き合っていけるかどうかも分からなかったが、竜崎さんに関わるのは素直に喜びだった。一編集者として、竜崎さんの取材の計画について議論し、意見をした。竜崎さんは酒井さんを対等な者として接し、受け入れるべきは受け入れてくれた。そして深い間柄であり続けた。それからは、竜崎さんが世界のどこにいようと連絡がつくところなら、毎日、わずかでもメールか電話で連絡を取った。

キャンディス・ブラウンが同時多発テロの取材を第一線の取材の最後にし、竜崎さんが独立して事務所を立ち上げたとき、酒井さんは竜崎さんとともにキャンディス・ブラウンに会いに行った。竜崎事務所の運営を相談するためであったが、キャンディスは酒井さんが会いにきたもう一つの理由をよく解していた。キャンディスと酒井さんの二人だけで話し、キャンディスは酒井さんを認めてくれた。実際、キャンディスは素敵な女性だった。会ってみると、さすがに世界的な記者だけあって、威厳のようなものすら漂う存在だったが、同時に、繊細で心優しく、年下の女性の酒井さんから見ても、可愛らしいとさえ思えるようなところがあった。時折見せる穏やかな微笑みには慈しみすら感じられた。酒井さんはキャンディスとも連絡を取るようになった。

キャンディス・ブラウンの助言の下に、毎日、酒井さんは竜崎さんと連絡を取り合い、つながっていた。

それがイラクで途切れたのである。戦場にいる、かなり厳しい戦場だが、これまでの経験を生かして取材をしている、と連絡があって、それから途切れたのだった。酒井さんはもしものことが起きたのではないかと不安に陥った。メールも電話もこちらから幾度しても、メールは返信なく、電話は電源が切れていて、つながらなかった。

しかし竜崎さんにもしものことがあれば、場所が場所であり、人物が人物であるから、何らかの報道があるだろう。報道もないのは亡くなってはいないということだ。酒井さんはそう思って自らを鼓舞していた。そして、なぜ竜崎さんが毎日短くても酒井さんに連絡してきていたか、理解した。生きているということを連絡していたのではないか。生死に関わる場で撮影しているからこそ、自らが生きていることを、今日は大丈夫だったということを伝えたかったのではないか。

不安におののく日が続き、突然、メールが届いた。〈青梅で精神科医の中井先生のお宅にお世話になっている。日本に戻ってから、藤村という政府の人に面倒を見てもらっており、中井先生も藤村さんの友人だ。安心してほしい〉。メールを見たときに、酒井さんは思わず泣き出していた。こんなにも人を愛おしいと思ったことはなかった。

青梅に会いに来たときには、嬉しさの中に不安が混じっていたのだが、実際に会ってみると、何事もなかったように感じられた。赤い車で走りながら話すと、いつものようで、どちらからともなく二人はいつものホテルに車を飛ばし、愛し合った。何もかもいつものようで、心配していたのが嘘のようだった。

しかし、途切れたものは現実であったと知った。竜崎さんに、連絡がなかったことを、半ば軽く甘えて、半ば心配させたのを責めるように言ったのだが、彼は連絡がなかったということに全く無反応だったのである。最初は彼が意図的に酒井さんの言葉に応じないのだと思ったが、すぐに、彼は連絡しなかったということについて全く記憶がないことに気づいた。その衝撃を彼に知られてはならないと、話題を変え、車に乗って青梅に戻った。

本人は認識していないが、何かある、精神科医のお宅にお世話になっているのは考えられたゆえのことなのだ。酒井さんは、愛おしいというだけではなく、この人を守りたい、と切実に思った。出会ってから常に惹かれ合っていたと思うが、年上で、出会ったときには既に著名な戦場写真記者で、彼は自分を対等な存在として接してくれていたと思うものの、自らがこの人を守りたいと思うのは初めてだった。どうすればよいか。考えた末が、中井医師に全てを伝えることだった。

酒井さんは静かに話した。話さずとも解るが、話せばなお、彼女が知的、聡明で、思慮深いことが解る。知的な表情の奥に愛情の濃いことも十分に解された。

私は藤村に許された範囲内で経緯を酒井さんに話した。精神科医として治療が必要なものとは考えていないこと、他方、全く何もないということでもないように思われること。精神科医として、人としてできる限りのことはするつもりであること、可能な限り、竜崎さんの様子をお伝えすること。

私の言葉を、酒井さんは私を見つめるようにして聞いていた。よろしくお願いいたします。深々とお辞儀をして、酒井さんは診察室を出ていった。

十一

その後、平穏な日々が続いた。次の週末、その次の週末と学会のために沖縄と北海道に出かけたので、竜崎さんとゆっくり過ごす時間が取れなかった。もちろん朝と夜は一緒で、短い間にも種々の世間話はした。そこで確認する限り、異常は感じられなかった。ただ毎夜、うなされるのは変わらなかった。

藤村とは毎日、連絡を取り合っていた。日中の平穏な状況と夜の様子の報告を、彼は何も論評しなかった。無関係な人間を預かってもらっていて悪いなとは言いつつ、独り暮らしにはよい刺激だろうと言って、預かるのを止めるとは決して言わなかった。藤村も私も、何もなければいいと願いながら、何もないわけがないと警戒を解かなかった。

水曜の午後、メールが入っていた。次の患者の診察を始める前にと、竜崎さんからのメールを読むと、大原さんが帰国して訪ねてきているので、夕食は外でするが、もし可能であれば、ご一緒に、という内容だった。少し遅めの夕食ならば可能と伝えると、青梅と世田谷の間くらい、東京郊外、武蔵野の小さな洋食屋で待つという返信が来た。

洋食屋は、武蔵野郊外の住宅街の中にあった。近くの駐車場に車を停め、歩いていく。武蔵野の森に調和した木造の住宅の並びの一軒。洋食屋であることを強調せず、知らぬと、通り過ぎてしまうような構えで、玄関の扉にビストロマリエと小さな看板がかかっていた。その隣に小さな台が置かれ、メニューが開かれていた。店に入ると、テーブルが四つ、カウンター席。カウンターの向こうに三十代か、シェフが忙しく調理にかかっていた。きれいな女性に迎えられる。待ち合わせであることを伝えると、すぐに右奥のテーブルを示し、竜崎さんと大原さんが合図した。

車を運転しない竜崎さんだけがお店お勧めの白のグラスワイン、大原さんと私がノンアルコールで乾杯した。お店は大原さんが知っていたもの、夫婦で営んでいる店。以前は愛宕山の近くで営んでいたが、武蔵野の落ち着いた雰囲気に惹かれ、移ってきたのだという。大原さんのお勧めで、クスクスのコースを三人ともに頼んだ。

乾杯の後は、桜の話題となった。竜崎さんが、吉野梅郷の梅は素晴らしかったが、過日、出かけたときに見かけた桜も素晴らしかった、と話した。今年は寒さが厳しく、梅の開花が遅れたのだが、急に暖かくなり、桜の開花は例年より早かった。しばらくは桜の名所、どこがきれいか、一本の桜がいいか、桜並木がいいか、和やかな宴会はいいが、崩れた飲み会もあるので避けたいとか、花見は日本の風物、富士と桜は海外にも通用するか、ワシントンの桜も有名、というように、様々な桜を巡る話題が続いた。

その後、食事は和やかに進み、話題はもっぱら大原さんの今回の出張のことになった。彼女の非政府団体はアフリカの難民キャンプの一つを支援していて、彼女は団体の代表の一人として現地の状況を確認し、国連難民高等弁務官の現地事務所との協議に参加した。その後、中東のお金持ちを訪ね、団体へ資金援助をしてくれていることへのお礼と活動の年次報告、そして援助継続のお願いをした。

竜崎さんの話を聞いていてもそうなのだが、大原さんの話を聞いていても、遠く、新聞の国際面の中だけの出来事が、生々しいまでの現実であること、特別なことを特別な人がしているのではなく、普通のことを普通の人がしているという、実は当然のことを実感した。

大原さんは私のそんな気持ちを察したのか、竜崎さんの手を取って言った。

「この難民キャンプは彼の写真がきっかけなんです」

アフリカの民族紛争に関するグローブ・タイムズ誌の記事と写真を契機に、彼女の非政府団体が難民キャンプを高等弁務官事務所と共同で組織したのだった。大原さんは難民キャンプの組織化で中心的な役割を果たした。そのときに、彼女はキャンディスと竜崎さんと知り合ったのだった。

竜崎さんが話しだした。

十二

……見渡す限り、折り重なる死体が続いていました。戦争、実際の戦闘で人が死ぬを幾度となく見ている者であっても、夥《おびただ》しい数の死体が広がり、異臭が漂う中に立つのは、恐ろしいとか、信じられないという言葉では言い尽くせません。あまりに凄い光景に、自らまでがおかしくなってしまうのではないかと思いました。幾度も吐きました。シャッターを切るだけなのですが、撮影はできないと思いました。キャンディスも同じでした。立ち尽くし、動けなくなって、私にしがみついていました。

アフリカ、ルワンダの紛争は、部族間の紛争で、その中で大量虐殺が起きたのです。カンボジアの取材をしたときにも同様なものを見ましたが、人間がどうしてここまで虐殺をするのか、できるのか、解りません。戦争は、やらなければやられる、殺さなければ殺される。しかしこのような虐殺は自らの生存のためにやむをえないものとは思えないのです。ナチもそうでしょうか。戦争中の日本もそうだったのでしょうか。ベトナムも韓国もそうでしょうか。人間は残酷だと思います。

実は、いまだに、時折、あの光景の夢を見るのです。目に焼きついて離れない。私が誰かがそばにいてくれないと生きていけないのは、死体の光景から何とか逃れようとあがいても逃れられないから、誰かにしがみついているのかもしれません。

十三

長くはなかった。しかし、あっという間に、竜崎さんの語り口は取り憑かれたようになった。そして、こと切れたように、無言になった。

大原さんが竜崎さんの手に自らの手を重ねた。驚いた様子はなく、慣れているようで、こうすればやがて治まると知っていると窺われた。そして竜崎さんをそのままにして、大原さんは私に難民キャンプの現在のことを話した。

それから全く別の話題、彼女が国際線に乗っている間に見た映画の話になった。そのときには竜崎さんは普通に戻っており、その映画の話から、主演女優が出ている他の映画のことに話題が広がった。

そのうちに大原さんが私に聞いた。

「前からお伺いしたいと思っていたんですが、よろしいでしょうか」

「はい」

「青梅に住んでおられるのは、あそこでお生まれになったからですか。毎日、青梅から都心の病院に通っておられるのは大変かなって。精神科のお医者様がお金持ちだとは聞いたことがないんですが、それでももっと都心に近いところ、世田谷でもどこでもお住みになれるんじゃないですか」

竜崎さんも、その質問は自分もしたかった、というような顔をした。

「確かに遠いですけれど、いいところだと思われませんか」

竜崎さんは即座に頷いて言った。

「いいところです。私は前に申し上げたとおり、横浜生まれの横浜育ち、港町、様々な人が行き来して、常に新しいものがやってきて、活気のある、自由な港町の人間であることを誇りに思ってきました。でも、青梅にご厄介になっていて、山間の静かな町に住むのもいいなあと思うようになりました。歳のせいかもしれません」

大原さんは、そのことは否定しないが、という表情だった。

「でも、青梅で、あるいは近くでお仕事されているならば、いいと思いますが、青梅と都心とを往復するのは大変でしょう」

私は苦笑して同意した。

「時間はかかりますよね。でも、自家用車で通うのは電車で通うのと違うんです。特に帰りがそうなんですが、車に乗ると、自宅にいるのと同じ感覚になる。自分の空間、自分だけの空間だからでしょうか」

「そうかもしれませんが。病院の先生って、お忙しいじゃないですか」

「まあ、一般論としては、そうですが、私も若くないですからね、そこそこ仕事をすれば、いいんです」

「そうですか」

大原さんは納得できないものの、これ以上聞くのも失礼かと引き下がろうとした。私は進んで話すことでもないが、隠すことでもないので話した。

「昔、結婚していたとき……、私も結婚していたことがあるんですが、そのときは世田谷に住んでいました。離婚して、私も少しは傷ついて、というか、厭になって、引っ込みたかったんです。しかし、離島でも医者は必要とされますが、精神科医は生業としてはやっていけない。本当に引っ込むわけにはいかない。妥協の産物が、青梅です。適度に引っ込む。都心の病院で精神科医として勤めることができる」

竜崎さんは、それまで大原さんの疑問に同調していたが、私の説明を聞くと、大原さん以上に関心を寄せた。

「先生はそうやって釣り合いを取っておられるんですか」

「釣り合い、ですか」

「先生のお仕事は、やはり、他とは違いますよね。人の心を扱う仕事ですから。私も戦場写真が中心、人の殺し合いを扱っているので、そう感じるんですが。だから、仕事一色になると、人間がおかしくなるような気がして」

私は引っ込むという説明が思いがけない展開を見せたことに応じた。

「おかしくなりますかね」

「そうじゃあ、ありませんか。私にとっては、料理も仕事ではないことの一つなんです。まあ好きだから、おいしいものを食べたいから、だからといって高いものを食べたいとは思わないんですが、生きるために食べる、その人間としての根源的なことを、自らしたいと思って。そうすると、異常なことから自らを離して、自らを保てるような気がして」

大原さんの手が竜崎さんの手を握り締めた。

話題は暗いものもあったが、和やかな食事を終えて、私は竜崎さんを乗せて青梅に帰った。大原さんも自らの車で自宅に帰っていった。

翌朝、大原さんから私にメールが届いていた。

食事の最中、竜崎さんが手洗いに席を離れた際、大原さんは私に、あらためてメールか電話で連絡をしてもよいだろうか、と小声で尋ねた。私はその意図を解して頷いた。大原さんのメールは深夜、竜崎さんや私が寝た後に発せられたものだった。

大原さんは、食事中言わなかったが、アフリカの難民キャンプ、中東の金持ち訪問の後に、イラクに寄っていた。イラクでも彼女の団体は難民キャンプを支援していて、その状況確認を目的としていた。難民キャンプの状況確認の合間に、大原さんは竜崎さんの宿泊していたホテルなどを訪ねて、彼の足取りを追ってきたのである。

酒井さんと同じだった。

大原さんも毎日、竜崎さんと連絡を取り合っていた。しかしイラクでの取材中、連絡が途切れた。彼女は非政府団体関係者から実情を聞いているだけに心配、不安が高まった。そこで、難民キャンプの状況確認を名目に彼の捜索に行くことを計画した。まさに明日、出発するというときに、竜崎さんから連絡があった。実際に会うまで、不安だったが、大原さんも、竜崎さんは思ったより元気、普通なので、拍子抜けするほどだった。だが、大原さんも、竜崎さんの空白の数日に気づいた。竜崎さんが是非紹介したいと言ったので面会した私が精神科医である理由も理解した。そして取りやめていたイラク行きを復活させたのである。自分の目で竜崎さんの足取りを確認したかった。

その竜崎さんの足取りについて私に伝えたいというのである。結局、酒井さんのときと同じように、診療後、診察室で会うことになった。

その日の夕刻、診察室に現れた大原さんは、いかにも行動的な女性だった。黒のパンツルックにジャケット。診察室で座って話していても、行動的なものが感じられた。

戦争自体は終結していたが、イラクの街は爆破事件が頻発し、銃撃戦は日常で、危険な街だった。大原さんは単独では行動できなかったので、非政府団体の一員に同行してもらい、竜崎さんの取材を追った。湾岸戦争のときに竜崎さんはキャンディスの取材に同行していて、そのときの人脈が続いており、彼はほぼ単独で取材していた。キャンディスと竜崎さんの旧知の人間は、大原さんが竜崎さんのことを聞くと、怪訝そうな表情で理由を知ろうとし、大原さんが事情を話すと、喜んで話してくれた。竜崎さんは、イラクの街の銃撃、爆破といった危険な非日常とともに、それでもイラクの人々が生きて暮らしている日常の双方を取材し、撮影していた。その一部は既に報道されていた。

大原さんは竜崎さんが泊まっていたホテルに宿泊していた。街で一番のホテル。竜崎さんはキャンディスから習ったことと言っていたが、先進国であれ途上国であれ、どの街でも一番のホテルの安い部屋に宿泊した。贅沢がしたいわけではない。自分に贅沢は似合わない。だが安全は最優先。危険な仕事だからこそ拠点は安全な場所に限る。実際、各国の大使館関係者、報道関係者の多くが宿泊していた。非政府団体の者もやはりここに宿泊することが多かった。

ホテルのコンシェルジュに竜崎さんの写真を見せて事情を説明して尋ねると、最初は宿泊客のプライバシーについては守秘義務があると断られた。なおも大原さんが依頼すると、コンシェルジュは、あなたは日本大使館の関係者か、と聞いた。大原さんはとっさに、自分は彼の婚約者だ、と言って、彼から贈られた指輪を見せると、一つだけ知っていると言って、話してくれた。婚約者だというのは嘘だが、指輪は本当に彼から贈られたもので、二人の深い関係の証しだった。

コンシェルジュは、竜崎さんと米軍の女性将校がホテルのロビーやバーで毎日のように会っているのを見た。周囲を気遣ってはいたが、非常に親しい間柄だと感じた。竜崎さんが精神錯乱を起こしたために、米国大使館で日本大使館員に保護され、日本の政府関係者によって本国に連れ帰られるにあたっては、ホテルも協力したので、事情を知っている。

そこまで話して、コンシェルジュは声を潜めた。そして落ち着いて聞くようにと言った。竜崎さんが親しくしていた米軍の女性将校が亡くなっていた。戦闘中の死亡と聞いた。

バグダッドを離れる直前、大原さんは出張で首都を離れていた久野参事官と会うことができた。大原と名乗ると、参事官は、竜崎さんから聞いています、と応じた。竜崎さんが滞在中、親しくしていただきました。私のような職業外交官は、イラクは初めてですが、竜崎さんは取材で長く、何度となく滞在しておられるので、お詳しい。

いろいろと教えてもらいました。特に、この街の危険なことを。その上で、自分にもしものことがあれば、誰かが迎えに来てくれると思うが、いちばん早く来るのは大原という名の女性かと思う、と話していた。

　大原さんに米軍の女性将校のことを聞かれ、参事官はあらためて周囲の様子を窺ってから小声で言った。

「メリルという中尉と竜崎さんのお二人がどのような間柄であられたのかは解りません。お二人がこちらに来られる前からお知り合いだったというのは聞いています。戦闘で中尉が亡くなり、竜崎さんが精神錯乱を起こし、たまたま日本の議員先生と私が米国大使館を訪問していて、竜崎さんの身柄を確保し、日本に送り出したのですが、その後になって、メリル中尉が特別な任務を負っていたという情報を得ました。もちろん公式にではありませんので、不確かですが。ましてメリル中尉の任務と竜崎さんの出来事が関係あったのかどうか。何があったのか。その後、何か解ればと思っているのですが、本件については、米軍が完全に沈黙していて、何も解りません。もちろん何か解ればご連絡します。日本とは、藤村さんとも連絡を取り合っていますので。

　竜崎さんはお元気ですか。そうですか。藤村さんから様子を伺ってはいるのですが、こうやって直接に伺うと安心します。よろしくお伝えください」

大原さんは話し終えると、行動的な力を使い果たしたかのように身動きせず、言葉も発しなかった。やがて、「先生、彼に何があったのだと思いますか」と聞いた。それから首を振った。

「本当は、何があったか、なんて、どうでもいいんです。先生、来週からミャンマーの難民キャンプに行くことになっているんですが、行くのを止めたほうがいいでしょうか。私たちの団体の日本支部は小さいんです。難民キャンプに行って仕事をするのには、私が行かないと、他にいない。現地の面倒を見てやらなければならないんです」

私は、今すぐ何かあるとは思えない、と答えた。精神科医として、人として、できる限りのことをする、可能な限り竜崎さんの様子をお伝えする、と言った。

大原さんに行動力が戻ったようだった。

十四

その日、病院から私は藤村に電話し、話したいことがある、と言うと彼は、自分も話したいことがある、直接会った方がよいので、お昼の時間に病院に行く、と言った。藤村の口調は最初の電話を想起させた。

午前中最後の患者が終わると、すぐに藤村は診察室に入ってきた。

「お昼の前に、ここで大事な話をしておきたい」

そう言いながら、藤村は患者の椅子に座って、周囲を見回した。

「ここならば大丈夫だろうから」

「どういうことだ」

と私が聞くと、藤村は声を落とすようにと制した。

「昨夜、私のところにイラクの日本大使館の書記官が訪ねてきた。外務本省への状況報告で一時帰国だそうだ。彼は久野参事官に私宛の私信を託されてきた」

「竜崎さんを保護した外交官だね」

「彼のことを書いてきた。竜崎さんを預かったとき以来、彼とは電話、メールで連絡を取り合っているが、参事官はあえて私信、便箋に封筒で、封をして、信頼すべき部下の外交官に対して、藤村本人に直接渡すように指示した」

「どういうことなんだ」

「公電にすれば、大使館内、外務本省に知られる。メールや電話では盗聴される、盗み見られる惧れがある」

私は驚いた表情だったのだろう。藤村にかえってあきれられた。

「私信の中身の前に、中井の話を聞こう。竜崎さんに何かあったのか」

「否、竜崎さんは相変わらず平穏だ。彼のイラクでの様子が解った。竜崎さんの知り合いがイラクで調べてきた」

私は大原さんから聞いた内容を藤村に話した。いつもは途中で質問をすることのある藤村が最後まで黙って聞いていた。

「それで終わりかな」

私は頷いた。

「久野参事官からの連絡と同じだ。大原さんという女性に話すとともに、私信で私たちに伝えることにしたんだね」

私は藤村が驚かなかった理由が解った。

しばらくして、藤村が言った。

「ホテルのコンシェルジュが、日本大使館の関係者か、と聞いたのは、意味があったんだな。そのとき、既に参事官が訪ねて、聞いていたのだろう。同じことを日本人が聞くのを不審に思ったんだろうな。婚約者だと聞いて、安心して話したのか。しかし日本の女性は立派だなあ」

藤村は妙なことに感心していた。

「そんなことより、どうするんだ、これから」

私の質問に、藤村は首を横に振った。

「解らない。今までどおりしか他に方策はない。竜崎さんの記憶が戻れば、何があったのか、なぜ竜崎さんの記憶が途切れているのか、解るのだろう」

「そうかもしれないが、彼の記憶が戻るかどうかは解らない」

「いつまでも中井のところに面倒をかけてはいけないと思っていたが、久野参事官と議員先生は異常を感じ取ったので、先生が日本に連れ帰り、私に託された。今解っていることは、感じ取られた異常は、やはり尋常ではない、相当な異常なことだと考えられるということだね」

「そうなのだろうか」

「もちろん大したことではないのかもしれない。しかし少なくとも久野参事官は異常を感じている。だからこそイラク大使館という危険な環境の中で調べ、わざわざ私信をしたため、電話やメールや郵便でなく、日本大使館の外交官に託したんだろう。私は面識はないが、参事官を支持するね」

「私は竜崎さんを預かることにやぶさかではない。むしろ一緒に住んで生活は改善したよ。彼は料理が上手だし、朝晩、日曜と話し相手もできた」

「申し訳ないが、もうしばらく預かってもらえるかな。生活改善については、五十過ぎでも再婚はできるのだから、再婚を考えるべきということだと思うけれどね」

藤村は笑った。

「お昼を食べに行こう。中井先生もそうだろうが、私も午後の仕事が待っているから」

藤村は立ち上がり、私に構わず、診察室を出た。

十五

次の日曜の午後、久しぶりに竜崎さんと私は向かい合って座った。

ベトナム戦争が終結に向かうのに並行して、中東戦争、石油ショックが起きていた。第二次世界大戦後の復興を経て、高度成長が長く続いたが、石油ショックを契機に経済成長は鈍化していた。キャンディスは大学を卒業した竜崎さんを伴い、日本を含めて世界を取材していた。

竜崎さんの最初の中東は、イラン革命、アメリカにとって苦い大使館占拠事件、第二次石油ショックの取材だった。

第一次石油ショックのときの中東戦争の取材で、キャンディスは取材の人脈を築いていたが、大使館占拠は苛立ちを覚えながら取材していた。竜崎さんは、日本の報道とは異なる見方、踏み込み方で世界の事件を撮影することができるのを内心嬉しく、誇らしげに思っていた。

八十年代に入り、アメリカはレーガンの時代に入ったが、キャンディスは政治には興味を示さなかった。竜崎さんが理由を尋ねたとき、彼女はこともなげに、私は、ケネディ大統領のときに若者だった、とだけ、こともなげに答えた。むしろ本来は得手ではないはずの経済を取材していた。日米の自動車摩擦で、アメリカの労働者が日本車を叩き壊すのを丁寧に取材した。竜崎さんにその光景を撮影させ、あわせて日米双方の自動車工場の様子を撮影させた。彼女は東欧の共産圏の変化にも注目していた。

それまで自らが報道写真記者として関わった現代史を話していた竜崎さんが、ふと考え、私を見て尋ねた。

「私が話すのではなく、伺ってもいいでしょうか」

「どうぞ。そもそも精神科での診察とは言い切れませんし、私の診察室でもいろいろと聞かれる方はいらっしゃいますよ」

それでも竜崎さんは少しの間躊躇っていた。私が促すようにして、ようやく竜崎さんは言った。

「どうして精神科医をしておられるのですか。なぜ精神科医になられたのですか」

さすがに思いがけない質問だった。

「すみません」

と、竜崎さんは頭を下げた。しかし、質問を取り下げるつもりはなく、私の答えを期待しているのがよく解った。

「自分のことを自分で語る、自分の仕事についてお話しするというのは、日頃していないので」

私は答えないために言い訳をしようとしているのではなく、答えるために自らの考えを整理するのに時間が必要で、そのために大した意味のないことを口にしていた。竜崎さんは私がはぐらかすのかとの疑念を表情の一部に示した。私は自分の考えがまとまったか否か自分でも解らないままに、竜崎さんの表情を見ていられなくて、話し始めた。

「直接のきっかけ、というか、明瞭に意識したのは、高校生のときでしょうか。お隣のおじさんが鬱病で入院されたのです。優しい方で、私が小さい頃は、よく遊んでいただきました。キャッチボール、サッカー、蝉取り。雪だるまを一緒に作ったこともよく覚えています。ご自身には女の子、お嬢さんがお一人だけだったので、男の子の私と遊ぶのが面白かったのではないかと思っています。大きな会社にお勤めで将来偉くなる人だ、おまえも遊んでもらって賢くなるといいなあ、と父はよく言っていました。母は、そんな父にあきれていましたが、お隣のご主人に敬意は表していました。

私が中学生の頃、お隣のおじさんは平日なのに家にいることがありました。学校の帰りに姿を見かけて、こんにちは、と声をかけても、ぼうっとしていて、返事がなく、少し寂しく思って家に入ったものです。しばらくして、親がお隣の奥様から事情を聞きました。鬱病で会社に行かずに自宅にいると。中学生には鬱病がどんなものかよく解りません。身体の病ではなく、心の病だと言っても、それがどのようなものか。ただ時折見かける姿が異様なことは解ります。そして入院されたのです。後に、離婚されたと伺いました。親しい者が病に侵されて、医師を志す者は少なくありません。私もその一人です。たまたま、その分野が精神科の領域、心の病だったということです」

と、私は自分の話を区切った。竜崎さんは続きを待っていた。

「直接のきっかけ、と申しました。もう少し、根源的なのは、いつの頃かよく意識していませんが、自分は他の人より心のことに優れているのではないかと思うようになっていたのです。別に超能力というようなものではなく、人と話していて、その人の考えていることを察することができることに気づいたのです。程度問題ですよね。誰もが人の心を読むことができる。察することができる。ただ自分が優れているのではないか」

竜崎さんが私の顔を見直した。

「お隣のおじさんが心の病に陥った。それだけで精神科医を志したというより、もっと小さい頃に、自分が心のことに優れていると自覚していたからこそ、その力を活かして精神科医になろうと思った。というのが正直なところです」

竜崎さんを見ると、彼の納得した視線に出会った。

「同じですね。直接のきっかけは、キャンディスに出会ったこと。でも、写真、撮影については、自らが優れていると思っていた。それまで撮影が優れていても、それを仕事にするとは思っていなかった。先生が、人を治したいという思いが深いのは尊敬しますし、私と違うと思いますが、自らが優れていることを仕事とすることにしたということは同じです」

私は竜崎さんの指摘に頷いて同意した。

そのとき竜崎さんは悲しそうな顔をした。

「でも、それを疑うことはありませんか。自らの仕事を、自らがしていることを」

私は竜崎さんの意図を測りかねた。

「否、ここが先生と私の違いでしょうね。先生は本当に人を救っておられる。何かをしておられる。私は写真を撮っているにすぎない。人の生き死にの写真を撮って、それを売って、生業にしている。何もしていないのに、誰のためにもなっていないのに、偉そうに報道写真家、記者だと言っている」

私は人間として竜崎さんの考えに異を唱えようとしたが、精神科医として踏みとどまった。彼の考えに続きがあるのであれば、言葉にさせるべき、内心を外に出させるべきと判断した。その一瞬の躊躇が伝わったのか、竜崎さんの様子が変わった。

「先生のお仕事は長い人間の歴史で見れば、新しいものですよね。医者の仕事は、人類最古の職業かどうかは別としても、古くからあるでしょう。しかし精神の医者はフロイトからとすれば十九世紀後半。新聞はヨーロッパで十五世紀、日本の瓦版は江戸時代ですが、キャンディスにローマのカエサルの時代に広報があったと聞きました。しかし写真報道は二十世紀に入って。古い職業の中で新しい分野。先生と私の生業は似ていると思われませんか」

竜崎さんは先ほどの内心の吐露といった様子から、学者の講義という様子に変わった。人間としても精神科医としても不思議だった。

私は流そうかと思ったが、精神科医としてよりは人間として言った。

「土曜日、私が伊藤医院で精神科医としてではなく、内科医として診療に当たっているのをご存知ですよね。尤も、最近は高齢者の認知症の患者が増えていて、内科なのか、精神科なのか、解らなくなってきていますが。ともかく、土曜日は内科医として小さなお子さんからお年寄りまで、風邪、インフルエンザ、腹痛、風疹、何でも診ます」

「はい。なぜなのか、理由をお伺いしたいと思っていました」

竜崎さんが好奇心旺盛な表情になった。

「まだ見習いとして大学病院で各科を回っていたとき、内科で伊藤先生、先代にご指導を受けたのです。内科の副部長をしておられた。内科を終えるとき、副部長は私を部屋に呼んで、将来の話を聞かれた。私は精神科医を志望していることを申し上げたのです。副部長は、私の優れているところを把握しておられて、むしろ把握しておられたがゆえに、内科医にならないかと言われました。内科でなくてもいい、精神科医以外ならば、と。私は驚きました。どうして優位を捨てよと言われるのか。副部長は、君が心に優れているからこそ、心配している、と繰り返されました。副部長の意図を測りかねていると、副部長は、言いたくないことだが、と断ってから、君は患者を支配してしまうかもしれない、君はそんなこと、と思うかもしれないが、君は今でもそれが可能だ、患者でなくても支配することが可能だ。それだけに心配している。いっそのこと、心から離れてはどうか、と」

私は竜崎さんを見た。

「専門的なことは解りませんが、副部長のお考えは理解できるように思います」

と、竜崎さんは答えた。

「その後副部長は大学病院を辞職され、伊藤医院を開設されました。そのときも私は既に精神科医として勤めていたのに誘ってくださいました。いい内科医になるから、と。素直に嬉しく思いました。しかし、私は精神科医として勤めてきました。ひとの心の病を生業としてきたのです。ただ、副部長のおかげで、自らの優位と危険を確認しました。自らに枷《かせ》を課すべく、内科医として伊藤医院に勤務することにしたのです」

私は竜崎さんを再度見た。

「先ほど、疑うことはありませんか、と聞かれましたよね。私は生業として始めるときから、自らを疑っています」

竜崎さんは頷いた。

「そして、もう一つ。精神科医になるにあたっては、私なりの夢、野心というものがあったのです。しかし、今は、ただ生業として、生活の糧を得るために勤めているように思っています。医師、精神科医としての意思が衰えている。疑いとともに衰えに侵されています」

竜崎さんが少し驚いた目で私を見た。私はつくり笑みを浮かべた。

竜崎さんは自らの疑いについて話しだした。

十六

……湾岸戦争もキャンディスと私には重要な取材となりました。

キャンディスは自らが取材で赴いた地には、事件が収まってからも引き続き関心を持って見守り、取材を通じてできた人脈は定期的に連絡を取り、交流を保っていました。中東もその一つ。湾岸戦争に際しても、二度の中東取材、中東戦争と第一次石油ショック、イラン革命と第二次石油ショックで培った人脈を十二分に活用して、取材にあたりました。私も四十歳近く、まあ働き盛りですから、報道写真の撮影、彼女の助手としてそれなりに働きました。

グローブ・タイムズ誌にキャンディスの記事と私の写真は掲載されましたし、それなりに評価もされました。戦場の取材はもちろん生死に関わる大変なことでした。しかしキャンディスはいつにも増して冷静でした。彼女は湾岸戦争の多国籍軍の戦争の仕方がプロフェショナル、専門家の仕事だと高く評価していました。プロフェッショナルがプロフェッショナルを信頼している様子でした。

私たち報道関係の者にとって、湾岸戦争はライブニュース、生中継放送、映像の戦争でした。戦争とは人間の生き死に、殺し合いなのに、ライブ、実況中継されたのです。私たちは、自らは戦場からはるか遠く離れた自宅で、決して生死の危うさなど関係のない場で、戦争を、人間が殺し合うのを、冷静に見たのです。こうしてのんきなことを言っていられるのも、多国籍軍が勝利したから。プロフェッショナルの戦争でしたから、そんなことはなかったのですが、もし多国籍軍が、自国の軍隊が、兵士が敗北するのを、殺されているのを生中継されたら、どうなっていたのでしょうか。

湾岸戦争の生中継映像は、まさに映像の世紀と言われる二十世紀の極致だったと思います。

私個人にとっては、自らを疑う機会になりました。もともと戦場写真の撮影という仕事には疑問がつきまとっていました。しかも、今回は、写真より技術革新の進んだ映像、生中継映像が、競う相手となったのです。生中継映像が伝えた後に、写真は何を伝えられるのだろう。記事はいい。将来、紙という媒体がなくなっても、記事は記事であり続ける。記者が取材したものは、印刷の文字になるか、インターネットの文字になるか、放送の言葉になるか、いずれにせよ記事は記事なのです。だが、写真は映像、生中継映像にはかなわない。もちろん、印刷は文明、社会のあり方を変えましたが、語り部はなくならなかった。ラジオが発明されても、印刷はすたれなかった。テレビが発明されても、印刷もラジオも存続している。インターネットの発達で、アメリカでは多くの新聞社が紙の新聞の廃刊を余儀なくされていますが、それでも印刷自体は残るでしょう。しかし、映像の世紀、戦争が生中継で放映される時代に、戦場で写真記者は何をなしうるのか、なしえないのか、考えさせられました。答えは見つかってはいません。そんなことの前に、戦場写真の撮影を生業としている者として、写真撮影が求められました。それでも、写真の登場によって絵画が大きく変わったように、生中継映像の登場によって写真のあり方は変わるのではないか、特に戦場写真のあり方は変わるのではないか、疑いを持つようになりました。

また、私にとっては、戦争全体からすれば小さいことかもしれませんが、人間の盾となった人々のことが心に残っているのです。覚えておられるでしょうか。日本も、アメリカ、イギリス、ドイツをはじめとする各国の民間人が人質としてイラクの施設に監禁されました。しかし世界の批判によって、少しずつ解放され、戦争の開始までに全員が解放されたと思います。日本人が解放されたとき、日本に帰ってきた航空会社の乗務員の方が、インタビューを受けて、私どもはお客様を安全にお運びすることが仕事です、まだイラクには大勢の日本の方が残っておられるので、戻ってお連れしたい、というようなことを言われたのをよく覚えています。

実際には、日本の航空会社は飛行機を飛ばせませんでしたから、いざというときに邦人救出の使命を果たしていないのでしょうが、当時の私には、自分の仕事に矜持《きょうじ》を持って取り組んでいる人がいる、ということが重いことでした。

これらのことを思いながら取材を続けていて、取材をしながら思い続けていて、そもそもの疑いに至りました。最初から解っていたこと、承知していたことで、しかし考えることを避けてきたことでした。

ベトナム戦争での報道写真で、ナパーム弾で身体が焼け、火のついた衣服を脱いで、裸で逃げる少女の写真があります。著名な写真なので先生もご覧になったことがあるかと思います。その重度の火傷を負った少女は、撮影後、記者に保護され、病院に運ばれて一命を取り留めます。その後、政治的に利用され、亡命し、今は反戦運動家として活躍しているのです。

戦場写真が今起きていることを伝え、戦争の悲惨さを伝え、少しは世のためになっていることは否定しません。その写真が世界に大きな影響を及ぼしたことはよく知られています。しかし、重度の火傷を負って逃げる少女を撮影してから救うことは人間として許されることなのか、人間としてはカメラを捨てて救うべきではないのか。疑いを抱きながら、私は戦場写真の撮影をしてきました。戦場写真の疑い、呪いのようなものは深まるばかりです。

十七

竜崎さんはまたいつものような、取り憑かれたようになるかと思われたが、そうはならなかった。冷たくもならなかった。淡々と思いを伝えた。不思議な気もしたが、当然のこととも思われた。

竜崎さんの電話が鳴った。大原さんからのようだった。竜崎さんは私に今日は終わりにしてよいかと了解を求め、私はもちろんと頷いた。

カーキ色のジープが家の前で停車して、大原さんが運転席で待っていた。竜崎さんが乗り、私は車が去るのを見送った。

数日後の夕刻のことだった。ちょうど、最後から二番目の患者の診察が終わったところだった。

携帯電話が鳴った。竜崎さんからだった。

「中井です」

「先生、今、よろしいですか」

「結構です。診察の終わりが見えてきました」

「午後、酒井が迎えに来てくれて、出かけたんです。今、戻ってきたところです。おかしいんです。私の荷物を誰かが触ったとしか思えない。微妙に違うんです。誰かが私の荷物を調べて、気づかれないように元に戻した。しかし、動かしたので、少しずつずれている」

「なくなったもの、取られたものはあるんですか」

「今のところ、何も取られてはいないようです。私の持っているものは皆あります。しかし先生の持ち物は解りません。すぐに調べられたほうが。警察に連絡しましょうか」

「その家には金目のものはありません。独り暮らしは危ういので、預金通帳のようなものはもともと貸金庫に預けてあります。だから私のほうはお気遣いなく。警察に……」

連絡してください、と言いかけて、藤村の顔が浮かんだ。

「ちょっとだけ待ってもらえますか。すぐに連絡しますから。大丈夫ですよね」

「もちろん。私も、先生がご存知のとおり、大したものは持っていません。私にとって大事なのはカメラだけですし、カメラは無事です」

「では、少しお待ちください」

と、私は電話を切った。すぐに藤村の携帯電話にかけた。

幸いにして、藤村はすぐに出た。事情を説明すると、警察は自分が知り合いを通じて手配する、一一〇番は控えたほうがいいと思う、と言った。

「普通の空き巣狙いではないだろう、何か狙いがあって調べたのだろう。気づかれないように元に戻したのだとしたら、そのまま気づかないふりをしたほうがいいかもしれない、地元の警察が行くと、気づいたことを知られるかもしれない。念のため中井も早く戻って持ち物を調べたほうがいいね」

藤村は大学法学部の卒業とはいえ、警察や司法の専門家ではなかったが、冷静だった。


青梅の家に着くと、竜崎さんが待っていた。彼は私が驚くほど落ち着いていた。空き巣狙いか何かに入られ、自分の持ち物が調べられたとは思えなかった。私にお茶を用意した。いつもと変わらぬ日常だった。竜崎さんがそれに気づき、笑って言った。

「戦場で取材していると、味方の地域だけではなく、敵方の地域でも取材することがあります。味方、敵というのは、グローブ・タイムズ誌が米国の雑誌なので、米国側か、米国の敵側か、ということですが。戦場だけではなく、暴動、革命といった動乱の取材でも、報道関係者は当事者にとってはやっかいな存在。時に、突然、荒っぽい扱いを受けるんです。特にカメラはね。これまでにも幾度となく、やられています。もちろん殴られたことなんてざらです。さすがにキャンディスを殴るのはいませんでしたけどね。その分、私が受けました。自分の身体よりカメラを守らなくてはいけない。彼らの狙いは私よりカメラですからね。今の私には守らなければならないカメラはありません。ただの機械にすぎない。撮影していないのですから」

竜崎さんは途中から自嘲気味で言った。

私は一応、持ち物を調べた。何も変わっていなかった。触られていなかった。

一段落した頃、二人の男性が訪ねてきた。刑事だった。一時間くらい、事情を聴取していった。彼らが帰ろうとする頃、藤村がやってきた。藤村は刑事と話し、名前は聞き取れなかったが、藤村が依頼した者とお二人に感謝している旨伝えていた。

お茶を飲みながら、藤村が言った。竜崎さんには彼の愛好する日本酒を持ってきていた。私も酒を飲もうとしたところ、藤村にちょっと待ってほしいと言われたので、お茶にしていた。

藤村が私に聞いた。

「このうちは建ってから何年になるんだい」

私が首を横に振りつつ答えた。

「知らない。戦争、第二次世界大戦の前からであるのは確かだが、いつかは、買う時に聞かなかった」

藤村があらためて眺めながら言った。

「この木の造りは今や珍しい、いいなあ」

竜崎さんも応じた。

「私も、今時こんな建物が残っているんだ、と思いました」

藤村が同意しながらも言った。

「こんな由緒ある家だから仕方はないが、警備、保安はされていないに等しい。私も人のことは言えないが、それでも小さな一軒家、セコムは設えてある。この家は鍵があるといってもないも同然。私はさすがに開けられないが、泥棒でなくても開けられるだろう。まあ、盗まれるものがないからよかったんだが。こうなると、そうも言っていられない」

私が聞いた。

「どうするんだ。鍵を付け直すのかい」

藤村が竜崎さんを見て私に言った。

「一度、ホテルに泊まってもらったら、どうだろうか」

竜崎さんがすぐに言った。

「私なら大丈夫です。もっと危ないところで危ない目に遭ってきました。そういうところでいるときには、この程度のこと、そもそも人に言ったりしません。私は自分のものはあることを確かめたし、中井先生のものがなくなっていたらいけないと思って連絡しただけですから」

藤村は同意した。

「竜崎さんはそう言われると思っていました」

藤村は口調を変えて続けた。

「その上で、ホテルに泊まっていただけませんか」

藤村の声は低く響いた。私に預かってほしいと頼んだときと同じだった。お尋ねの形は取っているが、強い要請だった。しかし、竜崎さんは私と違う。どうだろうか。

そのとき、竜崎さんの声がした。

「はい」

驚くほど、純朴な声だった。竜崎さんが帰国して、議員に紹介されてから、私に預けられるまで、竜崎さんが藤村と過ごした時間はさほど長いものではなかったはずだが、その間に強い信頼関係ができあがっていることが窺えた。藤村ならば、ありえるだろう。藤村は再度、調子を変えて言った。

「この古い家もいいけれど、長く住むと退屈でしょう。たまには都心のホテルに滞在されるのがいい」

それから、付け加えた。

「私もご一緒したいな。都心のホテルに泊まるなんて縁がないから」

十八

竜崎さんの好みで、ホテルオークラの安い部屋に宿泊している。港区赤坂、米国大使館に隣接し、永田町の国会、霞ヶ関の官庁街からも歩ける距離にあるが、銀座、日比谷、赤坂、六本木といった繁華街からは少し離れていることもあり、静かな趣を保つ。帝国ホテルが明治以降、日本の第一のホテルであるのに対して、オークラは第二次世界大戦後、それに対抗するホテルとして築かれ、今に至る。基本はそのときから変わらず、したがって建物としては古くなっており、近年、東京に新設された内外の高級ホテルに比べると優るとはいえないが、人材、サービスで凌ぐ。

藤村がなぜ竜崎さんのホテル宿泊を強く依頼したか、理由は解らなかったが、藤村が心配しているのは竜崎さん自身のことであり、竜崎さんの精神のことであるのは解っていたから、私も隣の部屋に宿泊することにした。

救急医療の医者でなくとも、医者であれば夜勤、深夜勤は当然、ときには伊藤医院に駐車してある車で寝泊まりすることもなくはないので、外泊には慣れている。青梅の家といっても所詮は独り住まい。藤村ではないが、たまには都心のホテルに滞在するのもいい。

　ホテル内の食事は高いので、たいてい外でしている。朝食は近くの喫茶店、ファストフードショップを竜崎さんと食べ歩いている。昼はそれぞれ別にして、夕食は、ある日は酒井さんと、ある日は大原さんと、ある日は伊藤先生と、時には男二人で食している。

　一日の大半、竜崎さんは独りで過ごしている。何をしているのか気になるが、彼は、ぼうっとしているうちに時間は過ぎます、とだけ答える。青梅にいるときから気にはなっていたが、本を読んでいるとか、テレビやビデオを見ているというわけでもない。特にホテルに宿泊するようになってからは、竜崎さんは藤村の配慮を意識して、あまり外を出歩かないようにしていた。


　病院の勤務を休むことも考えたが、藤村も竜崎さんもそれには及ばずと言い、私は診療を続けていた。

　午前中、三人目の患者は、二十歳過ぎの統合失調症だった。誰かに見張られているように感じ、時には通りがかりの人に悪口を言われることもあると話した。注察妄想、被害妄想である。幻聴もみられた。誰かに操られているとも感じている。考想操作である。初期に、音に敏感になって周囲が騒がしく感じ、眠れないといった症状があったものの、家族も若い者の情緒不安定と考えていたようで、急性期に至って精神科医の診療を受けたものの、信頼できず、転院を二回して、私のところにやってきたのである。抗精神病薬による薬物療法を中心に外来治療を講じてきた。消耗期を経て、回復期にある。少し線が細いものの、優秀な理系の学生で、早くよくなって実験をし、研究課題に取り組みたいと考えている。このまま順調にいけば、さほど時間を要せずに、それも十分に可能となるとみている。

午後の後半は、回復途上にある患者と悪化する患者を交互に診察することになった。三十歳前の内因性うつ病の男性は、抗うつ剤の効果が表れてきている。その次の四十代後半の男性は入院の手続きを取ることになった。患者自身と夫人で合意の上で離婚し、今回の診察にも元夫人が付き添っていたが、年老いた両親も一緒だった。元夫人に交際相手がいるとかいった事情はない。子供がいないこともあり、婚姻という法的な関係で縛られず、患者と近しい者という関係で今後を歩いていくことにしたと聞いた。男性本人も元夫人もご両親も、戻ってこられないかもしれない道であることを口にしないが了解していた。私は事情を聞き、理解するも、彼らの考えに自らの判断は一切示さないようにした。その後、乗物恐怖症、具体的には国際線の出張を頻繁に余儀なくされ、人命被害には至らなかったが緊急着陸の事故を経験したために飛行機に乗れなくなった女性を診察した。治療に加え、勤務先の配慮もあって恐怖症を克服しつつあった。

これで今日の診察は終わりと思ったところ、山本看護師からあと一人、赤木さんです、と告げられた。私が首を傾げたのは、前回の診察からまださほど経過していないことと、今日の午後の順番からすれば、重い患者のはずであることからだった。山本さんの顔を見ると、いつもは穏やかながら冷静な表情にこわばりが見られた。私は嫌な予感を抱きながら、患者を見た。

赤木さんであって、赤木さんではなかった。いつもの精神病とは認めがたい、症状というほどではないものどころか、更年期障害のうつのときですら見たこともないような無気力の病的な表情だった。一瞬、言葉にならなかったところ、赤木さんが私のほうを向いたが、視線は定まらず、呆然と立っていた。山本看護師長が支えるようにして診察室の椅子に腰かけさせた。

「先ほどまでご主人が付き添って来られていたんですが、間もなく自分の診察の番になると解ったときに、ご主人を追いやるように待合室から出されたんです」

山本さんが話している間も、その声が聞こえているのかいないのか、赤木さんは無表情のまま座っていた。

「来られたときに、ご主人がご挨拶をされ、事情を話されました。ご主人が出張、息子さん二人も春休みで家を離れていたところ、出張からご主人が家に戻った時に、夜にもかかわらず家は暗く、奥様、赤木さんは出かけているのかと思って家の中に入ったら、居間の片隅で、赤木さんが膝を抱えるようにして蹲っていたそうです。声をかけても、手で揺り動かしても反応はなく、抱きかかえるようにして車に移し、救急病院に連れていかれたそうです。身体的には特段の異常なし、念のため今朝からいろいろと検査はされたものの問題なし。赤木さんは現在に至るまで定期的にここへ通っていたことをご主人に話しておられなかったようですが、ご主人が以前のうつのことを思い出されて救急病院からこちらにいらしたそうです」

山本看護師長は冷静に経緯を説明した。師長が話している間も、赤木さんの無表情は変わらなかった。両目は開いているが、視線は虚ろ、定まっていなかった。五十前後のはずだが、八十か九十か、高齢の認知症患者のようにも思われた。

私は精神科医として問診を始めたが、赤木さんは一切反応しなかった。つい先日まで症状らしい症状はなかった。しかし今、重度のうつ病の様相を呈している。自分がこれまで見落としてきたものがあったのか。心の内で自問自答しながら、私は赤木さんに問診を試み続けた。しかし何らの反応はなかった。問診のなすすべなく私は赤木さんと対峙していた。

諦めなければならないのか。私は問診を終えようかと思ったところで、先日の赤木さんを思い出した。医師に気がかりなことがあるのを見抜き、精神科医の診察というより精神科医との面会に自らは支えられている、という赤木さんに私は心するところがあった。

私は赤木さんの右手を両手で包むように握り締めた。そして自分の全精力を赤木さんに注いだ。目の前の人間のみが解するほどの小さな声で、赤木さん、赤木さん、と呼びかけた。心の闇から赤木さんを救い出す。精神科医の治療の域を超えていた。

やがて赤木さんの瞳に生気が戻った。表情は硬く、言葉は一言もないが、能面の中、瞳の奥に生気が認められた。

今日はここまでか。私は精神科医に戻り、いまだ言葉のない赤木さんの次回の診察の手配をした。


山本看護師長が私の目の前、患者用の椅子に座って私を見ていた。私に意識が戻ったのを確認して、笑顔になり、言った。

「随分と長い間、先生のそばに立って、先生、とお声がけしたんですよ。先生は抜け殻のようになっておられて。座ってお待ちしていました」

私は彼女の言葉を理解するのに少々時間を要した。彼女のいつもより高い声に、心配していたこと、今は安心していることが窺える。

「赤木さんは」

山本さんはいつもの落ち着いた声に戻って答えた。

「ご主人が連れて帰られました。来られたときと同様、反応はほとんどありませんでしたが、それでも体温のようなものは感じられました。ともかくご主人に伴われて歩いておられましたから」

山本さんが私を見つめるようにして言った。

「先生、特別に力を、特別な力を、使われたんですね」

私は山本看護師長が言わんとしたことを解そうと彼女の目を見た。彼女は独り言を言ったかのように、私の反応を期待せずに、立ち上がり、いつものように言った。

「お疲れ様でした」

赤木さんは翌々日にご主人に伴われて診察に来訪した。依然、重度、不安定ではあったが、無反応ではなかった。少なくとも精神科医としての私の言葉に応じていた。そして一週間後に診察に来ることを自ら約した。いまだに私には赤木さんのことが解らない。症状は理解できる。しかしなぜここに至ったのか。更年期障害の一環のうつなんてありふれている。その後は心の病というほどのものはなかった。やはり何かを見落としていたのか。赤木さんの心の奥に何らかの要因があったのか。赤木さん自身は意識することなくも、その何かを懸念して、精神科医に通うということを自らに課していたのか。

確かなことは何もない。私が愛好していた米国の医療ドラマで、医師が患者に語る言葉だ。医師として折に触れて実体験してきた。そして今も体験している。確かなことは一つ、いずれ人は、生き物である以上、死ぬということだ。


その日の夕刻、大原さんと夕食を一緒にすることになっていた。彼女の希望で、竜崎さんには言わず、二人だけということになっていた。私は竜崎さんに仕事の都合で遅くなるとだけ言ってあった。大原さんに指定された赤坂のお店に五分遅れて到着すると、彼女はまだだった。マクロビオティック、動物性タンパク質の食材は使わない店だった。メニューを見ると、一汁三菜、野菜のスープ煮、豆乳ベジグラタン、餃子、大豆ミートの酢豚など様々。十分くらいして大原さんが駆け込むようにして店に入ってきた。

「すみません。お呼び立てしたほうが遅れて」

と言いながら座った。

「驚かれましたか。マクロビのお店で」

「否、こういう店には入ったことはありませんでしたが、あるのは知っていましたから。メニューを見ると、普通のお店のようで」

大原さんがお店の女主人を見て笑った。

「そうなんです。普通なんです。私はベジタリアンですらありません。昨日の夜も、肉も魚ももちろん野菜も、ビールにワインに日本酒、焼酎、泡盛まで暴飲暴食。事務所の面々で大騒ぎをしたので。そういう毎日なので、時々、健康的な食事をしたくなって。先生も竜崎と一緒に暮らすようになるまでは非健康的な食生活だったとおっしゃっていたので、ご紹介しようかなと思って」

大原さんはいつもエネルギッシュで明るかった。私の分も含めて、お店の主人と相談して料理を注文した。

食事が出てくる前に竜崎さんの様子に関する私の報告は終わってしまい、食事の間はもっぱら大原さんの仕事の話を聞いた。深刻な疫病が広がりつつあるアフリカでの医療活動の支援、紛争が深刻化している中東での難民キャンプの支援。大原さんの属する団体は他の非政府団体や国際機関と連携して支援を行っていた。彼女自身、来週にはアフリカに行くことを計画していた。

私は二つのことを感じていた。疫病、戦争、流浪、飲料水や食料を得るために何時間も並び、死と隣り合わせの生活のために安心して眠ることもできない日々、遠い、私自身を含めた普通の人々の日常からはかけ離れたところの非日常的な有様は、実はそこにいる人々にとっては日常なのだと思い知らされる。重いが、そこではありふれた、誰も逃れられない現実なのだ。あらためて安らかで豊かな暮らしを有難いと思う。有難い、あることが容易でないものが、ここにあることに感謝する。もう一つは、大原さんが輝いていることだった。非常に困難ながら意義あることに真摯に取り組んでいる者が見せる輝きだった。

その輝きが止まったように思えた。

「先生、竜崎は大丈夫でしょうか」

大原さんは私を見つめるようにして言った。何か懇願しているようにも見えた。

「解りません」

私の正直な答えに大原さんは驚くかと思ったが、冷静に私を見続けた。

「今、深刻な症状が見られるというわけではありません。そういう意味では心配ということではありません。他方、大丈夫と言えるかというと、解らないというのが率直なところなのです。一緒に暮らし、時々、診察に準じたことはします。それでも竜崎さんのことは解らないのです」

大原さんは冷静に頷いた。

それからややあって、大原さんは何か意を決したようにして言った。

「先生、私のことを申し上げてもよろしいでしょうか」

私が怪訝そうな顔をしたのを見て、大原さんは続けた。

「不安なのです」

「不安」

「彼が、竜崎がどこかへ行ってしまうのではないか、と」

「どこかへ」

大原さんは黙ってしまった。自分が何を言いたいのか、どう言えばよいのか、考えあぐねているようだった。

やがて大原さんは懐かしむような顔をして話しだした。

「私が子供の頃、父親が単身赴任をしたんです。二年ばかりでしょうか。二週間に一回程度週末に帰ってきましたが、いつもは毎晩九時に電話を家にしてくれていました。母との間で、三回鳴らす、その日話すことがなければ、あるいは仕事やお付き合いで話すことができなければ、そのまま切る、という約束になっていました。もうすぐ九時になるというとき、毎日のことなのに、母は、そして私も弟もそわそわとして待っていました。電話が三回鳴って、切れるかと思うと鳴り続ける。受話器を取り上げるのは私か弟。お父さん、私、今お母さんに代わるからね、と言って、母に代わるのです。二年間、毎日繰り返しました」

大原さんはここまで言って私を見た。懐かしい家族の光景を私にも共有してもらいたいというようでもあった。

「竜崎と私の間柄は、父と私たちのようになっていました」

大原さんは私に注意を促すように見た。

「竜崎が父ではなく、私が父なのです。日本にいるときは無論、世界中どこにいても、私は彼にメールを送っていました。何も伝えることがないとき、忙しくてメールを書けないときも、現地の夜の九時に空メールを送っていました。それに彼が返信を送ってくれました。実際、宿泊先のホテルからメールを送ろうとして、近くで爆発が起き、緊急避難したこともあります。そんなときでも九時に間に合わなくても空メール。彼からは大抵短い、でも心のこもった一言の返信が返ってきました」

大原さんの瞳に温かいものが溢れていた。

「私が竜崎に出会ったときには、彼には少なからず女性がそばにいました。キャンディス、酒井さんだけではなく。でも、私は自分自身のことで精一杯で、私が会いたいときに会えればよかったのです。私が会いたいとき、話したいときには、彼はいつも応じてくれました。それで十分でしたし、それ以上は望まない、というか、ないのがいい、というところでした」

大原さんは躊躇いがちに私を見て続けた。

「勝手ですよね。実際、そんな私でいいか、と竜崎に聞いたことがあります。竜崎は、いい、毎日九時になれば繋がる。少なくとも今はこれでいい、と言ってくれました。そして、自分も勝手をしているから同じだ、と」

大原さんは私をもう一度見た。

「私は単身赴任の父なんです。竜崎は家庭でした。竜崎にはキャンディスや酒井さんもいますよね。彼の中でどのように均衡、釣り合いを取っているのか解りません。でも、これまでは全く気になりませんでした」

大原さんは黙した。それから私を見て、小さな笑みを見せた。

「キャンディスに聞いたことがあるんです。今の話をして、どう思うか、と。キャンディスは温かく真摯に聞いてくれ、私の話が終わってから、少し考えて、言ってくれました。自分はあなたと同じ。仕事で、どこへでも行く。どんな危険なところでも、どんな恐ろしいところでも。自らの意思で赴く。でも、ときに追い詰められて、振り返る。そんなとき、竜崎が必ずいる。竜崎が必ず頷いてくれる。大丈夫だ、と。赴くときには自分の、自分だけの判断で赴くのに、どんなときでも、どんなところでも、振り返れば竜崎がいる、頷いてくれる。そして抱き締めてくれる。だからこそ何物も怖くない。戦場でも竜崎がそばにいる限り恐ろしいと思ったことがない。あなたは私と同じ。あなたがどこへ行こうと竜崎はそばにいる」

大原さんは幸せに紅潮し、不安に陥った。目を閉じて、心を落ち着けようとしているようだった。私は彼女の言葉を待った。

「根拠はありません。でも、中東から帰ってからの彼と一緒にいると、どこか、遠くへ行ってしまうような気がするんです」

大原さんの不安はそれ以降、口にされることはなかった。私たちは再び大原さんの仕事のことを話した。

その翌日、同じようにして私は酒井さんと二人だけの夕食を食した。酒井さんが望んだのは小さな日本料理店だった。今日は遅れずにすんだと思って店に入ると、店の奥の小上がりの席で、酒井さんは待っていた。私が入ってきたのを認め、静かに会釈をした。

私が席に着くと、お店のおかみがやってきて、飲み物の注文を聞いた。カウンター数席に小上がり、カウンター向こうの板場で調理する主人と配膳をするおかみの店。既に料理の注文は酒井さんがしていたようで、先付けから運ばれてきた。

酒井さんから言われるまでもなく、私から竜崎さんのことを話す。酒井さんは一言も口を差し挟まず、時折頷いて聞いている。

昨日の今日でもあり、私は竜崎さんの女性との付き合いに思いが至らざるをえなかった。私の知る限り、キャンディス、酒井さん、大原さんといる。それぞれと深い信頼関係にある。酒井さんと大原さんはキャンディスや互いの存在を知っているが、連絡を取り合っているわけではない。私が医師として竜崎さんのことを話すときに、それぞれの様子で解る。互いのことは竜崎さんを通じて知っている。

　酒井さんに私の思いが知られたのか、前菜が過ぎて、椀が運ばれたときに、彼女が個人的なことをお話ししてもよろしいでしょうかと切り出した。

「私が竜崎と出会い、彼の取材活動を支援し、私生活でも深く関わるようになった経緯はお話ししました。竜崎に初めて会ったときから、当然のことながらキャンディスのことは知っていましたし、二人が深い間柄だということも承知していました。それでも竜崎についてキャンディスに会いに行ったときには心配でした。彼は既に話してある、了解を得ていると言っていましたが、そこは女と女です」

　ここまで言って、酒井さんは止まった。一瞬私を見て、視線を下げた。言うべきかどうか迷ったが、言ってしまうことにしたようだった。

「正直なことを申し上げれば、彼と深くなってからしばらくして、彼のことを独占したい、というか、彼に他の誰も見ずに、自分だけを見てほしいと思うようになっていました。女としての自信とかいうようなものではなく、純粋に一対一でありたいと願っていたのです。同時に重くも感じていました。なぜ重く感じていたかは解りませんでした。

　キャンディスと二人で会って、最初に、会ったその瞬間に感じたのは、この人には敵《かな》わない、ということでした。どんなに自分が彼を思っているとしても、彼を独占することはできない、この人には敵わない。

キャンディスは二人になってからも仕事のことを話していました。仕事の中身というより、彼女がどのように仕事をしてきたか、私がどのように仕事に取り組んできたか。私は彼のことを話しに来たのに、キャンディスに魅了されていました。そして私も自らのことを、今まで人に話したことのないことまで話していました。キャンディスは私の心の中に自然に入ってきていました」

酒井さんは再び私を見た。悲しそうな嬉しそうな表情だった。

「キャンディスは仕事の話をしている途中、突然、私に微笑み、言ったのです。彼は私の仕事の最良のパートナーです。人間としても最も大事な人です。でも人生の伴侶にはなりませんでした。なれませんでした。伴侶になると二人が危うくなると思っていました。

私はキャンディスの言ったことが理解できませんでした。私の困惑した表情をキャンディスは微笑みで包み、無言で頷きました。いずれ解ってくれる、というように。そして、私はこれからも彼のことを大事にするけれども、彼のことを大事にしてくださいね、と言いました。私は泣きそうになりました。キャンディスが私を認めてくれたのです。おかしなことですが、素直に嬉しく思いました。

キャンディスの真意は今も解りません。でも、あれから彼とともにしてきて、キャンディスと連絡を取り合ってきて、解るようになったことがあります。キャンディスは踏み込む人、彼は受け止める人です。キャンディスは何物も恐れず、踏み込みます。だからこそ、あれだけの報道ができる、人から聞き出し、記事にできるのです。仕事ではありませんが、私も自然に踏み込まれていました。彼はあらゆるものを受け止めます。美しいものも、醜いものも、恐ろしいものも、あらゆるものを受け止め、写し取ります。彼の写真は彼そのものなのです。私はとても彼ほどには受け止められない。逃げます。記者と写真記者として戦場で取材、報道するには最強の組合せ、パートナーでしょう。でも人生ではどうか。キャンディスが踏み込み、彼が受け止めると、お互いが傷つくことになったのかもしれないと思います。

もう一つ、キャンディスに会って、そして竜崎を抜きにして、キャンディスと二人で話して、悟ったというか、心の内に生じたものがありました。竜崎を一人で支えることはできない。竜崎という凄い人物を一人で支えることはできない。キャンディスのような凄い人なら伴侶になり得たかもしれないけれど、そのキャンディスも竜崎と伴侶になれなかった。私は竜崎を諦めることはできなくなっていました。だとすれば、竜崎をキャンディスや他の方と分かち合うしかない。逆に言えば、一人で支えるのでなければ、重くは感じない。少なくとも竜崎に関わっていけるし、何より竜崎は私のことを思ってくれる。竜崎は私を思ってくれている……」

　酒井さんの声は少し震えていたが、力強くもあった。心の底を吐露したときに、酒井さんの視線は私の胸の辺りにあったが、やがて視線を重ねた。

「竜崎が戻ってきてから今に至るまで、不安はむしろ増しているのです。どうしてかは解りません。先生、竜崎は大丈夫でしょうか」

　私は医師としての説明をあらためてしつつ、精神科医は何を為しうるのか自問していた。

　患者に接している間に竜崎さんのことを考える機会が増えた。最初の診立てどおり、彼は薬物治療を必要とするような精神病ではないことは確かである。しかし、彼の心の闇は深いように思われる。根源的な闇が彼の奥底にある。さらに何か、別の闇があるように思われる。だが、どのように対処すればよいのか解らなかった。

　私は、自らに課してきた枷が自らの力を抑制してきてしまったのではないかと思うようになっていた。副部長に指摘されて意識した、精神科医としての自らへの疑いがあるからこそ、内科医として勤めることで、枷を課してきた。だが、そのために、心についての優れた自らの力を封じ込めてしまったのではないか。竜崎さんの闇も、今の自分より優れた精神科医であれば、治療できるのではないか。

　山本看護師長が、特別な力、と口にしたのが気になり、後に彼女に聞いた。山本さんは、先代の伊藤先生に聞いたのだった。私が伊藤医院で診療に従事するだけではなく、年に一回程度、先生は私の勤務する病院に遊びに来ていた。遊びに来るとは先生の言葉で、実際には病院を訪ねてきて私の精神科医としての診療を確認していた。先生のお人柄ゆえ病院に勤務する看護師とも親しくなられた。当時、まだ若かった山本看護師は、一度だけ先生が重々しい表情で言ったのを覚えていた。中井君は特別な力を持っている。精神科医としてその力を使わないことを願う。彼女は先生の言葉の意味が理解できなかった。しかし先生の様子に特別な力のことが心に残った。山本看護師長は赤木さんの診療でそのことを想い起こしたのだった。

しかし自らの力は自らで統制できなくなっている。

夕刻、病院での診療を終えた頃、伊藤先生から電話があった。この時間帯の電話はよくない知らせだった。

「先生、今日の診療は終わっていますよね」

「五分前に今日の最後の患者さんが帰られました。今、カルテを見直しているところ」

「小林さんがお昼過ぎに亡くなられました」

私は、伊藤先生からの電話だと知って、脳裏で可能性のある患者の顔を思い浮かべていた。そのうちの一人が小林さんだった。伊藤先生が伊藤医院を引き継いだときからの付き合いで、私も長い間柄だった。穏やかながら、大きく朗らかな声で笑う姿が印象的な男性で、風邪を引いた夫人に付き添って伊藤医院を訪れ、夫人が治ったかと思うと、今度は自分が罹りましたと夫人に伴われて来訪し、困ったものですな、と笑っていた。

「中井先生、自分は還暦の前に癌になりましたが、当時の最新の手術が成功して助かり、喜寿の前には心筋梗塞を起こしましたが、伊藤先生が駆けつけてくださって助けていただきました。自分はとっくにあの世に行っているところ、伊藤先生や他のお医者様と、大橋さんをはじめ本当に献身的な看護師さんたちに救われて、生きながらえています。先生、先生は解っておられるかもしれないけれど、米寿の頃には認知症になるかもしれない。そのときは中井先生、この老体の面倒を見てやってください。最後の最後まで面倒をかける奴だと思われるでしょうが、家族にも死んだほうがいいと思われるかもしれませんが、現代医学の限界まで無理をしてまでとは言いません、自然の摂理のときまで生かしてやっていただけませんか」

小林老人は朗らかな表情のまま真摯に私に懇願した。

それから一年くらいして小林老人は認知症にかかり、家族は可能な限り在宅で介護した。米寿を過ぎたところで、誤嚥性肺炎が悪化するに至り、地域の総合病院に入院した。そして今日、ついに亡くなったのである。

私はいまだに患者の死に慣れない医師であった。不安定な精神科医の診療は患者には危険ですらある。それを踏まえて伊藤先生はこれまでも一日の終わりに患者の死去を連絡してきていた。今夕も小林老人の死を伝えるにあたって、私自身のことを気遣ってくれた。明後日の通夜に一緒に赴くことを約した。

老人と言われても元気だった人が、徐々に本当に老いて、衰えていき、死に至る。私の歳、五十を過ぎると、それは明日の自分だと思わされるようになった。肉体的な成長は成人になって止まっているが、精神的な成長は続いていると無意識に思っている。しかし人生の折り返しを過ぎてしばらくすると、自分も衰えていくのだと気づかされる。衰えを予感し、死を恐れた。いくつになれば死を受容できるようになるのだろうか。

もはや私の心に関する力は失われつつあるのではないか。

私は最近、土曜日に伊藤医院で診療に当たる際、看護師の大橋さんを内心、眩しく見るようになっていた。還暦を過ぎてなお若々しく元気で、常に笑顔で、周囲に元気をもたらす。その生命力を眩しいと感じるのである。思い返せば、先代の伊藤先生もそうだった。大橋さんとは違って、もう少し穏やかなものだったが、周囲に温かな生命力、健康を保つ力をもたらしていた。眩しく見えるのは、自らが衰えつつあるからではないか。

自らが救うことのできなかった多くの患者が想起されることが増えた。既に私の診察室にやってきたときには、統合失調症の重い症状で、自殺の危険があるため入院を手配したが、その手配の最中に自殺してしまった患者。うつ病が進行していたものの、気づかず、消えてしまいたい、死にたい、と口にしているのを家族が聞いて連れてきたので、すぐに入院させ、治療し、回復してきたので、自宅に帰したところ、自殺してしまった患者。薬物療法の発展により、世間のイメージとは異なり、統合失調症の予後は相当に向上しているが、その中で、重度のため病院でしか過ごせない患者。心の病と対峙して、いくほど敗北してきたことだろう。

竜崎さんの闇に、私では対峙できないのではないか。

竜崎さん自身は何も変わらず落ち着いていた。そして彼の言う治療の続行を望んだ。私の勤務が早く終わり、竜崎さんの女性が訪ねてこなかった夜、ホテルの部屋で私は彼と話した。

十九

……一九九〇年代のユーゴスラビア紛争は、キャンディスがこだわった戦争の一つでした。彼女の母方にバルカン半島出身の者がいたのが理由かもしれません。もともとヨーロッパの火薬庫、第一次世界大戦もバルカンの民族紛争から始まりましたが、共産主義の終焉に伴って生じた紛争も根深いものでした。民族、宗教の違いから、それまで隣人であった者が憎しみ合い、殺し合うのです。中東でもアフリカでも、民族、宗教の違いから戦争が起きていますが、私のような、先生もそうですが、日本人にとって、民族、宗教のために隣人と殺し合うというのは、容易に解らないところがあります。

実は、サラエボには、紛争の前に出かけているのです。キャンディスはオリンピックが好きで、取材を兼ねて、出かけました。一九八四年のロサンゼルスオリンピックのときは、彼女はアメリカ人なのに、開会式のあり方に批判的でした。彼女に言わせると、舞台のはずの米国が主役になっているというのです。主役は選手のはずだ、と。そのとき、あらためて、サラエボはよかったと言っていました。もちろんオーストリアが地元の人々の妨害にあって活躍できなかったことは認識していました。それでも彼女は、ロスの人工的なアメリカを強調した開会式に比べて、素朴なサラエボの開会式を好んだようでした。それにトービル、ディーンのアイスダンスのペアの演技をとても評価していました。今でも時折、ビデオを見ると言っていますから。私にとっては初めてのサラエボは、ギリシャ正教、カトリック教、イスラム教、ユダヤ教といった宗教が共存する歴史の古い町で、とても興味深いところでした。共存を見ているだけに、民族、宗教のための戦争は解らないのです。

特に、民族浄化です。大量の虐殺、強制移住、殺人、嫌がらせ。そして強姦による強制妊娠。人間とは不思議なものだと思います。戦争とは殺し合うことです。平時、殺人は罪、極刑に値します。だが戦争では多く殺した者が評価される。英雄行為にもなる。だが、殺し合いの戦争においても、人間として、していいことと、してはいけないことがある。非人道的行為です。殺し合いの場で非人道的とは、とても解せない。だが、ユーゴスラビア紛争の取材で、やはり、人間として、してはいけないことがあると思うに至りました。

キャンディスは女性であるだけに、強姦、強制妊娠を憎み、記者として執拗なまでに追いかけました。私は彼女の助手として、写真記者として同行しました。強制妊娠をどう撮影すればいいのか、写真記者としては難しい取材でした。銃撃、爆撃の跡で撮影しても、女性の後ろ姿では、強姦や強制妊娠は伝わりません。しかし顔は絶対に避けなければならない。そもそも強制妊娠をさせられた女性は、取材に応じてくれませんでした。それでもキャンディスは取材に応じてくれる女性を探し続けました。そして遂に探り当てたのです。

その女性はまだ二十代半ば、婚約者を街中のサラエボの包囲戦で失っていました。そして強姦され、強制妊娠させられ、中絶できないほどになるまで監禁され、お腹が大きくなって放り出されました。彼女は実家に戻ることなく、サラエボから地下トンネルで抜け出し、さらに遠くに行こうとしていました。彼女はキャンディスの取材を受けるにあたって、国を離れることを支援してほしいと頼んできました。取材が終わって、キャンディスは持っていた現金のすべてを渡しました。

彼女の顔には強姦されたときに抵抗した際の傷跡が残っていました。おそらくは、心優しい若い女性だったはずです。しかし私たちが会ったときには、とても強い人格を感じました。

父親は解らない。憎むべき者だ。だが、生まれてくる子には罪はない。もしこの子が生まれてきてはいけないのであれば、私は自殺すればいい。私に自殺せよ、と言うのか。この困難を与えられた私に、されど生きよ、と言うのであれば、この子にも生きよ、ということだ。強制妊娠の拘束から解放されたとき、私は決めた。この子に父親はない。強いて言えば、神が与え給もうた子だ。だから私は、この子を産み、立派な人間に育ててみせる。そのためにも、私はこの地を、この国を捨てる。この汚れた地を出なければ、この子が汚れてしまう。どんな下層階級として暮らそうが、乞食に落ちようが、生き抜いて、この子は、神が与え給もうた子は、必ず育ててみせる。

他で出会った女性は、目もうつろで、生きているのかいないのか、これから生きていくのかどうか、解らない人ばかりでした。当然だと思います。紛争で、日々、銃撃、爆撃があり、強制妊娠させられて、自らの身体に重荷を課されたのですから。

キャンディスは地獄という言葉を口にするようになっていました。もちろん記事では、事実を抑制された言葉で記します。だからこそ、恐ろしさが伝わるのですが。しかし取材の合間、夜、私と二人で過ごすときなど、地獄という言葉を繰り返しました。あの強い女性を思い出しながら、自らのお腹を手で撫でながら、地獄という言葉を繰り返しました。

二十

竜崎さんはやはりいつものような語り口になり、話が終わると、生気を失った。私は彼をそのままにして部屋を出て、自分の部屋に入った。

ある夕刻、赤木さんの診察を終えた。なお不安定ながら、重度とは言えなくなりつつある。病院へも一人で来ていた。

赤木さんは一度立ち上がり、部屋を出かけてから、戻ってきて、座り直した。

「先生、少しばかり、よろしいかしら」

私は頷いた。

「更年期障害の鬱なんてよくあること、その後もここにお邪魔していたのは、本当は精神科に来るべきものではないことだと解ってました」

赤木さんの言葉はここに通ってきていた頃と同じだが、表情はまだ硬かった。私は頷かずに聞き続けた。

「ところが、私は重い心の病に陥った。そうでしょう、先生」

私はなおも頷かなかったが、赤木さんは続けた。

「あの日のこと何も覚えていないんです。闇の中にいたので」

私は赤木さんを見直した。自分自身を冷静に見ている。

「ただ、先生が私の手を握り、赤木さん、赤木さん、と声をかけ続けてくださったのだけは覚えている」

私は頷いた。

「闇の中で途絶えそうになっていたところを、先生に救われたんです。先生の手を握り締め、先生の声を頼りに闇から抜け出したんです」

赤木さんの情動の高まりに、それを抑えるべく、私は自らの手を彼女の手に重ねた。その手のぬくもりを確かめたのか、赤木さんは落ち着いた。

「先生、前に、若い男性のうつ病の患者が増えた、社会に問題があり、それが患者に現れている、とおっしゃってたでしょう。世の中、悪くなっていると思います。多くの人が不安に思ってる。このままでは立ち行かなくなる。一部の人はいいし、良くなっているというけれど。社会全体は立ち行かなくなって、多くの人が困窮するか、戦争になるか。社会が立ち行かなくなるのを不安に思い、恐れて、心の病に陥る」

赤木さんは私の考えを確かめるように見た。

「先生。先生お一人で社会を救うことはできないでしょうが、一人でも多くの人を救ってくださいね」

赤木さんは目を閉じて私の手を握り締めた。回復途上の身体ゆえ力強くはなかったが、徐々に握る力は強まった。私は穏やかに握り返した。赤木さんは目を開け、頷いて、立ち上がった。

自らはその力を統制できないのに、それを信じる人がいる。


午後遅く、アルツハイマー型認知症の男性患者の診察を終えたところだった。患者が退出したとたんに、看護師が飛び込むように診察室に入ってきて、先生、藤村さんが緊急の連絡があるのですぐに電話をしてほしい、と伝えてほしいとのことでした、と言った。診察中は、携帯電話はマナーモードにし、患者から見えないところに置いてある。藤村はそれを知っているので、病院の代表にかけて精神科の看護師に伝言を頼んだのである。何か。よくないことであるのは解っている。竜崎さんの身に何かあったのか。携帯電話で藤村にかけた。

「中井だ。何」

「日本大使館の久野参事官が亡くなったんだ。竜崎さんを守った参事官が……」

私のとっさの受け止めは、竜崎さんのことではなかった、よかった、という安堵だった。

「バクダッド郊外で爆破事件があり、百人近くが死亡したらしい。その中に日本大使館員二名が含まれている模様という。外務省からの情報を議員先生が教えてくれた」

　藤村の様子に私の不安が再度高まった。

「竜崎さんを巡ることに、久野参事官が亡くなったことは、関係あるのか」

「否、おそらくないだろう。久野参事官が狙われたのではなく、爆破事件に巻き込まれたのだろう。イラクでは日常茶飯事だからね。竜崎さんもイラクがどのような場所かはよく解っているはずだ。だが、自分を守ってくれた人物が亡くなったとなると、大丈夫だろうか。さっきテレビで、イラクの日本大使館員が爆破事件により死亡した模様、というテロップ、速報が流れた」

「解った。あと二人患者を診ることになっているから、それが終わり次第、すぐにホテルに帰る」

「私も可能な限り早く行く」

　藤村は竜崎さんのことで幾度かイラクの久野参事官とは連絡を取っていた。それだけに彼自身が動揺していた。

　藤村と話してから、すぐに竜崎さんに電話をかけようとして、止めた。彼はまだ知らないかもしれない。私の電話で知らせることになるのは避けたほうがよいだろう。

あと患者は二人、それを済ませてから、ホテルに直行しよう。

ホテルオークラに着いて、建物の中を歩いていて、私は急に不安になってきた。絨毯の通路を足早に歩き、竜崎さんの部屋に向かった。部屋のドアの前に立つと、何も聞こえず、静かだった。どこかへ出かけているのか。ドアをノックした。しかし何の反応もなかった。もう一度ノックをした。彼は私と違ってごろ寝をするようなことはない。やはり出かけているか。念のためと、ドアのノブをつかんで回すと、ドアが開いた。

部屋の中に入ると、そこは散乱状態だった。小さなクローゼットの戸は壊され、ミニバーのグラスは粉々に砕け、テーブルの上のライトは引きちぎられ、テレビも破壊され、ベッドも荒らされていた。

一瞬、何が起きたのか、解らなかった。もう一度部屋を見回す。散乱。どうしたらよいのか、私は解らず、それでも手は携帯電話を取り出していた。藤村に電話をしようとしたのか。

そのとき、ベッドと壁の隙間に、膝を抱え、頭を垂れて座り込んでいる竜崎さんが見えた。竜崎さんが座り込んでいるのは知覚したが、部屋の散乱状態に私も動揺していたのか、生きた人間がそこにいるとは思えなかった。自らの手で部屋中のものを殴ったのか、手の甲には相当傷ができていて、血まみれになっていた。私は声もかけられず、立ち尽くしていた。

背後に音がして、振り返ると、藤村がいた。藤村も驚き、唖然としていたが、それでも竜崎さんの姿を認めると、声をかけた。

「竜崎さん。竜崎さん」

竜崎さんは動かなかった。藤村は竜崎さんに近寄り、肩に手をかけた。それでも身動きしないので、少し揺さぶったようだった。

突然、原始的な叫び声を上げて、竜崎さんが藤村につかみかかった。藤村はベッドの上に倒された。竜崎さんはそのまま藤村の上に倒れ込んだ。藤村が必死に反応し、上下逆になり、そしてベッドから降りて立ち上がった。竜崎さんはベッドに倒れ込んだままだった。

どれほどの間か、藤村と私は倒れ込んだままの竜崎さんを見ていた。やがて彼の目に涙を認めた。藤村があらためて声をかけた。

「竜崎さん」

今度は、反応があった。その反応に、私が言った。

「座られませんか」

竜崎さんはおもむろに動き、椅子にもたれかけるように座った。藤村と私はベッドの上に腰かけた。私は何を言ってよいのか解らなかった。藤村もその様子だった。藤村が立ち上がり、ドアに向かった。鍵を掛けたのだった。ベッドに戻ってきたとき、

「すみませんでした」

と、竜崎さんが言った。それからまた沈黙が続いた。

考えていた藤村が言った。

「青梅に帰りませんか」

竜崎さんが顔を上げ、私を見た。私は頷いて、竜崎さんを青梅に誘った。竜崎さんが立ち上がった。

二十一

青梅に向かう車の中で、竜崎さんは呆然としてまっすぐ前を見ていた。というより、もっと遠くを見ていたのかもしれない。

藤村は竜崎さんと私を青梅に送り出し、自分は後始末をしてから行くからと残った。あれほどに荒れてしまったので、賠償は相当な額だろうし、警察沙汰にされるかもしれなかった。だが藤村は冷静だった。ホテルの上の方の人間と話すから。そう言って、竜崎さんと私を送り出した。実際のことは藤村の分野だろう。私は竜崎さんを預かるのが務めだ。そう思って、私は竜崎さんとホテルから車で青梅に向かった。

青梅の家に着いて、竜崎さんと私はただ座っていた。お湯を沸かすこともなく、お酒を出すこともしなかった。竜崎さんは畳の上に横になっていた。私は座椅子にもたれかけて座っていた。藤村が来るまで、二人ともこのままだろう。誰かに来てもらわなければ、竜崎さんは動かないし、私も動けなかった。酒井さんか、大原さんに頼むべきか。しかし、このようなときは、どちらに連絡すればよいのだろう。半ば朦朧とした頭で考えていると、玄関で音がした。

よろめきながら玄関に出ると、伊藤先生だった。藤村が連絡し、依頼したのだった。

「自分もまもなく行くけれど、できれば面倒を見てやってほしい、先生だけが可能だ、とりあえず飯を食べさせてやってほしい、と電話で言われましたから」

と、伊藤先生は言いながら、包みを私に手渡して、台所に向かった。

散し寿司だった。伊藤先生がお湯を沸かして、お吸い物とお茶を用意した。伊藤先生が台所から居間にお盆を持ってきたとき、竜崎さんは既にちゃぶ台に姿勢を正して座していた。竜崎さんを生き返らせたという点で、藤村が伊藤先生に頼んだことは正解だった。

食事は無言で進んだ。しかし生命力ともいうべきものは回復し、無気力ではなかった。親しい者を亡くし、悲しみの中であっても、食事はする。死を悼み、生きるために食す。無言ながら生を感じる食事だった。

終わる頃、藤村がやってきた。無言だったところに、声が登場した。藤村は主に伊藤先生に声をかけ、自分の分の散し寿司、お吸い物、お茶を用意して、食べ始めた。竜崎さんの無言は続いたが、藤村は構わず伊藤先生と私に話した。参事官のことの続報だった。バグダッド郊外の市場が長く閉鎖されていたが、再開されることになり、式典が催された。日本大使館からも参事官と書記官が招待され出席していた。その式典で爆破が起きたのだった。死者は百名を超えた模様。日本大使館の二人の遺体は大使館関係者に確認された。
突然、竜崎さんが話し始めた。

二十二

……キャンディスは、一回り若い私より、いつも元気、精力的でしたが、さすがに六十を迎え、年齢による限界を感じてきたようでした。いずれ第一線の戦争取材から引き、著名人のインタビューなどの仕事を中心に据えようと、取材のスタイルを変えようとしていました。

そこに、ナイン・イレブン、九月十一日の同時多発テロが起こったのです。彼女はニュースが飛び込んできた次の瞬間には、いつもの取材鞄を持って、飛び出そうとしていました。私もカメラマンバッグを持って、同行しました。

戦争の取材をどんなにしても、戦争には慣れることがありません。少なくとも私は慣れることはありません。それでも、戦争の取材を重ねれば、相当のことには耐えられるようになります。その私でも、同時多発テロは衝撃的でした。

彼女は必死に取材をし、一区切りついたとき、それを自分の取材の最後にすると決めました。私は、それに合わせて、フリーランスになりました。グローブ・タイムズに継続的に勤めることはできましたが、キャンディス・ブラウンあってのグローブ・

タイムズ誌の竜崎ですから。

それに酒井が日本の報道雑誌の編集に携わっており、私の面倒を見てくれることになっていました。私に事務所を立ち上げさせ、実際の運営は彼女がしてくれています。キャンディスから私を引き継いだようなものです。そのため彼女はわざわざキャンディスに会いにアメリカに行ってくれました。私と一緒にキャンディスの自宅を訪ね、三人で話をし、それからキャンディスと酒井の二人で話しました。随分と長い密談でした。キャンディスも酒井も二人で話したことは、今もって私に教えてくれません。竜崎事務所は酒井が運営するが、キャンディスの助言の下に行うことになった、ということは聞きました。

それ以来、私とキャンディスは毎日のように連絡を取っていますが、酒井とキャンディスも頻繁に連絡し合っているようです。ちなみに大原もキャンディスと長い付き合いです。戦争取材と難民支援は重なりますから。キャンディスと私の取材の後に、大原たちの非政府団体が難民キャンプを立ち上げていく。酒井と大原も互いの存在を知っています。

長年勤めたグローブ・タイムズ誌を離れて独立後、最初の戦争がイラク戦争になりました。それまでの中東での取材、キャンディスのネットワークを活用して、取材にあたりました。

キャンディスはあらゆる戦争に反対していましたが、イラク戦争には特に反対していました。戦争に反対ながらも戦争を取材して記事にする。戦争に反対だからこそ取材して記事にする。それゆえ、特にアメリカの報道機関が、イラクを取材して、アメリカとイラクの戦争は不可避であるという報道をするのに、キャンディスは批判的でした。そんなことは取材しなくても言える。報道が為政者の思惑を促進してどうなるのか。

イラク戦争は、湾岸戦争でやり残したことをやったということかもしれませんが、私の眼には湾岸戦争はプロフェッショナルの仕事、イラク戦争はプロフェッショナルとは言い切れないものを感じました。

ブッシュ政権が、米軍兵の遺体が帰国するにあたって、その写真を公開しないようにしましたから、私を含め、報道関係者は種々の工夫をしました。

戦争中も戦争終了後もイラクは危険な地となりました。キャンディスなく、単独の取材で、日本大使館の久野参事官には大変お世話になりました。バグダッドで日々、情勢を教えてもらいました。時には食事を一緒にして、いろいろな話をしました。

彼は日本の外交官らしくない人でした。日本の外交官というとお公家さんのような人が多いのですが、彼はどちらかといえば武家でした。だからこそ有事のイラクで信頼して、助けてもらいました。

私が戦闘現場で意識を失い、米国大使館に運び込まれたときも、久野参事官は危険な中、日本大使館から米国大使館まで自分で車を運転してやってきて、私を確認し、身柄を確保してくれました。守ってくれました。

そんな久野さんが……。

二十三

竜崎さんが泣くのを見たのは今日が初めてだった。

夜遅く、伊藤先生と藤村は帰っていった。

翌朝、私は早く起きて朝食の仕度をしようとしたが、既に竜崎さんが起きて仕度をしていた。前にここで滞在していたときと全く同じだった。昨夜の涙の様子も微塵も感じられなかった。

その夜、私が帰ってきたときも同じだった。竜崎さんは夕食の仕度をして待っていた。違っていたとすれば、彼が午前中、大原さんに会い、午後遅くに酒井さんに会ったことだった。食事をしながら、竜崎さんが、念のため、先生に報告します、と言って話してくれた。竜崎さんは女性に会うのを私に隠すことはなかった。むしろ会うたびにその事実だけを私に報告していた。会いました、とだけ、患者が医者に自らの症状を話すようにして話した。今までになかったことは、一日のうちに二人に会ったことだった。それほどに必要としたということか。

二人の女性からはそれぞれ、竜崎さんがいつものようで、いつもではなかった、と伝えられた。二人とも、イラクから帰国して以来、竜崎さんが普通ではなくなっていることを知って接してきたはずだが、今や、いっそう違ってしまっていると了知していた。大原さんは、非政府団体の仕事を休み、竜崎さんのそばに付いていることを申し出たが、竜崎さん自身に断られてしまったとのことだった。酒井さんは、竜崎さんの様子をキャンディスに内々、伝えていたが、キャンディスからは今すぐ飛ぶとの返信を受けた旨伝えてきた。二人とも竜崎さんの闇を黙示的に了知していたが、自らの力ではどうにもできないことも知っていた。

しかし、竜崎さん自身の過ごし方は前の青梅の暮らしに戻っていた。その翌日は以前にもまして普通の生活だった。その翌日も全く普通だった。

藤村と私が夜遅く話す時間は長くなった。疑いが繰り返し発せられ、それを巡ってやり取りが続く。答えを得ぬままに終わりにする。そして翌日の夜、あらためて話す。

久野参事官が亡くなったのは、イラクで頻発している爆破事件の一つに巻き込まれたと認められ、竜崎さんのこととは関係はない。竜崎さんの精神錯乱は、戦闘でメリル中尉が亡くなったことと関係あるだろう。メリル中尉の特別な任務とも関係している可能性も考えられる。

さらに誰かが、竜崎さんは何かを持っていると考えている。だから盗みに入ったのだ。竜崎さんは、本当は知っているのか。誰が、何か、なぜか。もしイラクと所持品とが関係するとするならば、イラクか、米軍かということになる。イラクとは考えにくい。米軍なのか。米軍の機密を竜崎さんが持っているというのか。それも考えにくい。

私には、竜崎さんを巡る事情、竜崎さんの精神状況とともに、竜崎さんに問われた自らへの疑い、衰えが脳裏で重くなっていた。心のことに優れているからこそ精神科医となり、夢、野心も持ったが、副部長の懸念、自らへの疑いがあるからこそ、患者を支配する惧れから内科医としての診療という枷を課してきた。もはやそういった枷が必要ないほど、精神科の診療は生活の糧を得るためだけになって、精神科医として衰えてきている。竜崎さんの生気が失せるのが特に気にかかるのは、自らの生命力の衰えを意識しているからではないのか。

子供の頃、若い頃は、生きたい、とは思わなかった。死ぬのは怖かった。だから生きていたように思う。それが五十にもなると、死に対する恐怖が減じてきている。それは生命力の衰えではないか。ひとが年齢とともに好奇心が失われて、認知症によって死の恐怖が薄れていき、死に至る。

精神科医としての思いが叶わぬようになるに連れて、自らの疑いまでも含め生命力が衰えてきているのではないか。


私は、このままではいけない、何かしなければいけない、という焦りのようなものを感じていた。何かしなければ、もっと恐ろしいことが起きてしまうのではないか。

そして日曜日になった。竜崎さんはいつものように診療を受ける様子だった。私は遂に踏み込んでみることにした。竜崎さんが精神錯乱を起こしたイラクでの戦闘のことを尋ねたのだった。動揺させたくはなかったので慎重に尋ねたが、竜崎さんは予期していたかのように静かに話し始めた。

二十四

……あの取材はグローブ・タイムズ誌の取材となっていますが、内々の依頼があって行ったのです。米軍のメリル中尉です。彼女はまだ三十代ですが、キャンディスとは十年以上の親しい間柄でした。当然、私も親しくしていました。キャンディスが第一線の取材から引いていたので、メリル中尉はキャンディスと相談して、私に取材するようにと頼んできたのでした。近々、イラクに派遣される。せっかくの機会なので、取材してくれないか。自分も協力できることは何でもする。キャンディスは国際電話で、何かある、メリル中尉は自分を訪ねてきて相談した際、言わなかったが、自分が受けた印象では、密命を帯びてイラクに派遣される、竜崎に取材してほしいというのは、米軍以外の者に自分を見ていてほしいということではないか、と言いました。その上で、行ってくれるか、と聞かれました。他ならぬキャンディスの依頼であり、自分自身が親しくしていたメリル中尉の依頼です。それにグローブ・タイムズも最新のイラク情勢を報じる必要を感じていました。記者はまだ若いが気鋭の者を送る。写真は竜崎に頼む。私が行くのは自然のことでした。

バグダッドでメリル中尉とはよく話しました。彼女の任務はイラクとイラクに派遣されている部隊の状況把握というものでした。イラクからの米軍撤退が課題となっているときに、最新の情勢把握は重要です。しかし密命とはいえない。メリル中尉は何も言いませんでしたが、会って話す機会が増えるうちに、何かあるという確信を抱くようになりました。

先生なので正直に言いますが、深い仲になりました。しかし彼女は米軍の中尉です。ベッドをともにしたからといって、密命を話すような人物ではありません。私もそんなことは期待していませんでした。取材としてイラクの様子を撮影し、同僚記者の記事とともに、本社に送っていました。

密命は、偶然知ることとなりました。ホテルのバーで、二人で飲みながら話していて、隣で飲んでいたイラク人とフランス人の記者のフランス語の会話が聞こえてきたのです。三カ月前、郊外の小さな村で、村民が全員虐殺された。そこまで話して、彼らは隣のメリル中尉に気遣って、声を潜めました。フランス語であっても危険だと思ったのでしょう。明瞭には聞き取れませんでしたが、米軍、と聞こえました。メリル中尉は何も聞こえていないようでした。やがて隣の二人は出ていきました。メリル中尉は、一瞬でしたが、悲しみと怒りの混じった目になりました。そのとき私はメリル中尉の密命を悟ったのです。イラクの小さな村の大量殺人は米軍によるものではないかとの疑いがあり、彼女はその調査に派遣されている。しかしそれを確かめることはしてはならないと思いました。確かめても彼女は答えないだろうし、かえって距離を置かざるを得なくなるだろう。彼女はそれを望んではいまい。では、彼女は私に何を期待しているのだろうか。

その翌日でした。彼女が、郊外に赴くが、取材受入れが許可されたので、一緒に行くか、と誘ってくれました。喜んで、と私は同行しました。郊外で米軍部隊が治安維持活動をしているのを視察に行ったのです。視察を終えてバグダッドに帰ろうとしているときでした。突然、襲撃を受けたのです。部隊は応戦しました。私は必死に撮影をしました。三十分ほどでしょうか。戦闘は終わりました。

しかし、メリル中尉が倒れていました。まさか彼女がやられるなんて。駆け寄って確認すると、彼女は死んでいました。すぐに米軍兵が集まってきました。

その後のことは、覚えていないのです。気づいたときには、ベッドの上で、久野参事官が見守ってくれていました。その顔を見て、安心し、再び、眠ったように思います……。

竜崎さんは私を見た。何か言いたい、叫びたいというような顔をしていた。私は静かに頷いて促した。

……メリル中尉は後ろから撃たれていたのです。フレンドリーファイア、友軍誤射。しかし彼女は戦闘では後方にいたのです。誤射ではなく、狙撃だった。私は彼女の遺体を確認したときに、味方に撃たれたのだと直感しました。その瞬間、私は悲しみに怒りと恐怖が加わり、強い情動が生じました。その後のことを覚えていないのは、精神錯乱を起こしたためでしょうか。

今思うと、精神錯乱は強い悲しみ、怒り、恐怖であったとともに、自らも殺されるかもしれない、自分がメリル中尉と親しくしていたのは知られている、メリル中尉が殺されるのであれば、自分も殺されるかもしれない、咄嗟に精神錯乱に陥ることで自らを守ろうとしたようにも思います。解りません……。

竜崎さんはあらためて私を見た。何か迷っているようだった。私はもう一度頷いた。

……最後の夜、メリル中尉は愛し合った後、私がいつもしているお守りを見せてほしいと言いました。これです。太宰府天満宮のお守りです。彼女はそこにSDカードを入れました。もしものときは、と言いながら……。

二十五

　その夜、私は藤村と電話で話した。竜崎さんのSDカードにはメリル中尉の報告書の素案が記録されていた。ドラフトと記されており、一部に要加筆との記載があったので、まだ報告はされていないようだった。

「こんなことはあるのだろうか。あってよいのだろうか」

　私は竜崎さんの言葉とはいえ信じがたかった。

「ないとはいえない」

　藤村は重大なことを予期していたかのような落ち着きだった。久野参事官は具体的なことを言ってきてはいなかったのだろうが、示唆していたのだろう。久野参事官から依頼された議員先生も同じことを藤村に伝えていたのだろう。藤村は最初から覚悟していて竜崎さんを私に預けたのか。久野参事官からの私信が届いたときからか。

「どうすればいいんだろう」

　私は、私が藤村に話していた間に、藤村が既に考えていると思っていた。藤村はおもむろに言った。

「米国大使館に知人がいる。その人に報告書をつないでみよう。報告書が報告されているか否かは別として、米軍として事態を把握し、措置されているならば、それはそれでいい。報告書の素案であっても、適切に受理されるだろう。措置されていなければ、素案といえども報告書に基づき措置されなければならない。その一方で、グローブ・タイムズ誌につなぐ。メリル中尉は万が一のことを考えてグローブ・タイムズ誌の信頼できる者に取材を依頼したんだ。まさに万が一の事態が起きたとして、グローブ・タイムズ誌につなごう」

藤村の覚悟した響きだった。

「明日の朝、青梅に行く。コピーをもらいに」

二十六

翌日、私は病院を休んだ。竜崎さんは普段どおりだった。私が休むと言うと、私の体調を心配したが、時にはずる休みをしたいこともある、と答えると、同類を歓迎、と言って喜んだ。

朝食の片づけを終えて、私は藤村を待っていた。竜崎さんは縁側の外の小さな庭に立っている。私は台所の椅子に座って庭の向こうを見ていた。

竜崎さんは立ったまま、天上を見て、右手に何かを持って上げ下ろしをしている。私は家の中を見たり、外を見たりしていた。

私の視線が家から竜崎さんに向かったときだった。竜崎さんが素早く右手を振った。何かが天上に向かって上がっていく。その動きに、私の脳裏は、何かおかしなこと、と知覚した。竜崎さんの身体は地の上に横たわっている。次の瞬間、私の右手は台所にあったお盆を取り、私は家から庭に飛び出すようにして自らの身体を竜崎さんのほうに投げ出していた。

お盆が落下したナイフをはじき飛ばした。私の身体は竜崎さんの上にぶつかり乗った。

竜崎さんの腕は正確だった。ナイフは胸を突き刺すように落下していた。

竜崎さんは、遺体が安置されているように目を閉じて仰向けに横になったままだった。

私はナイフを庭に投げ捨て、竜崎さんの隣に座り込んだ。口がきけなかった。


やがて二人は家に入り、並ぶようにして座った。

藤村が来るのを待っていた。しかし来ない。私は闇に立ち向かうことにした。

「どうして、こんなことを」

私は竜崎さんが答えないと思っていた。しかし竜崎さんは目を閉じたまま言った。

「生き続けることができない、と思ったのです」

自殺願望か。

「キャンディス、酒井、大原にしがみつくようにして生きてきました。しかし、戦争が、撮影した死体、傷ついた人たちが毎夜、私を苛《さいな》むのです」

竜崎さんの闇だった。

「戦場写真記者は何もできません。戦火に焼かれた女の子を撮影し、その後、病院に担ぎ込むくらいなものです。何もしていないのです。メリルはそれでも私に依頼した。米軍の中尉なのに、自らの同僚すら信じられない状況で、私を信じたのです。しかし、私は何もできなかった。彼女は生き抜こうとしていたのに、私は何もできなかったのです。

見ているだけ、撮影するだけだったのです」

私は人間として反論すべきだった。しかし、しなかった、できなかった。

「彼女はそれも承知で報告書を託しました。しかし、私はもう無理です。幸いにして、先生にお話しすることができました。先生は昨日の晩遅くに藤村さんにお話しされていましたね。お二人ならば何かしてくださるでしょう。ならば、もういいのではありませんか」

竜崎さんは目を閉じたままだった。私は首を横に振り続けていた。

竜崎さんの闇がどのようなものか解することができたように思えた。戦争を取材し、戦争写真を撮影しているうちに、戦争に苛まれるようになった。根源的な闇と思われる。そして、メリル中尉のことが、彼にとって、別のもう一つの闇、罪の意識となった。根源的な闇にもう一つの闇が重なっている。根源的な闇に取り憑かれ、毎夜苛まれ、生気を蝕《むしば》まれてきたところに、もう一つの闇に囚われた。カメラを手にしない、写真撮影をしようとしないのも、その闇のせいかもしれない。

竜崎さんの顔は生気が失せているだけではなく、死に顔のようにも見えた。闇から解放しないと、結局、自らを死に至らしめるのではないか。

酒井さんや大原さんの力でどうにかできるだろうか。キャンディスに頼むべきか。私は精神科医としての自らの力の限界を解していた。

「キャンディスさんとお話しされましたか」

竜崎さんがキャンディスという言葉に反応した。

「彼女とは連絡を取り合っています。酒井と大原からも連絡が行っていると思います」

「キャンディスさんは何と」

「キャンディスは私に会いに来るとメールをくれました」

「それでは、すぐにキャンディスさんは来られますね」

「先生、キャンディスはタフな、頑丈な人間です。私よりはるかに戦場という凄惨な現場に入り込み、抉《えぐ》り出し、伝え、論じてきました。それでいて心身、身体のみならず精神の健康を保っているのです。歳を取れば取るほど、私にはキャンディスが人間と思えなくなってきました。どうして凄惨な戦場で人間らしくあり続けることができるのか」

私は何か答えなければならないと思ったが、応じられなかった。

「そのキャンディスにしがみつき、酒井や大原にしがみついてきたのですが。もはや、そうしても、生き続けることが難しくなってきました」

竜崎さんは静かになった。息遣いすら感じられないほどだった。竜崎さんを根源的な闇から解放することは、少なくとも今は困難だった。もう一つの闇はどうか。

私はどうしてよいか解らなかった。それでも言わなければならない。私は枷を解き、自らのあらん限りの力を竜崎さんに注いだ。

「竜崎さんのお気づきのとおり、藤村に話しました。もうすぐ藤村が来ます。報告書のコピーを取りに。彼は米国大使館の知人につなぐと言っています。そして藤村は、メリル中尉の遺志を尊重して、グローブ・タイムズ誌につなぐべきだとも言っています。私もそうすべきだと思います。グローブ・タイムズ誌につなぐのは、竜崎さんだからできることではありませんか。竜崎さんの務めではありませんか」

竜崎さんは静かなままだった。

根源的な闇からの解放が困難だとしても、もう一つの闇については藤村とともに取り組むことはできる。もう一つの闇への対処に、竜崎さんを取り組ませることができれば、彼を死の淵から救い出せるのではないか。どうすればいい。どうすれば竜崎さんを取り組ませることができるのだろうか。

どうすればいい。このままでは死の淵から退かせることができない。

私は心中おかしくなりそうだった。

私の言葉は、思いは効かないのか、諦めなければならないのか。あらためて自らの力すべてを竜崎さんに向けた。

竜崎さんが起き上がり、正座した。そして私に向かって深く頭を下げた。そのままの姿勢で彼は言った。

「この後、生き続けられるか否か、解りません。しかしグローブ・タイムズ誌にはつなぎます。それまで先生、一緒にいていただけますか。キャンディス、酒井、大原とも一緒ですが、先生にもいていただきたいのです。それから藤村さんにも一緒にいていただきたいのです」

何かを感じて振り返ると、藤村が後ろにいた。安堵を感じつつ、私は言った。

「何もできませんが、一緒にいることはできます」

竜崎さんが頭を上げ、私と藤村を見て、遠くを見た。

この作品はフィクションであり、登場人物、団体名等、すべて架空のものです。

著者プロフィール

藤谷 雅彦（ふじたに まさひこ）

作家、演出家。
「冬の行方」
「Short Stories 2015」
Toast
A Bottle of Wine in a Taxi
Take Care
「乾杯はここで」 藤谷雅彦事務所公演
「結婚に乾杯」 藤谷雅彦事務所公演

装丁者プロフィール

かずこ

「向こう側」

朦朧とした描写の奥に託された思い。独自に心象風景を追い求める画家。

戦場写真記者の行方

2015年12月15日 初版第1刷発行

著　者 藤谷 雅彦
発行者 瓜谷 綱延
発行所 株式会社文芸社
〒160-0022 東京都新宿区新宿1-10-1
電話 03-5369-3060（編集）
03-5369-2299（販売）

印刷所 株式会社平河工業社

ISBN978-4-286-16748-0